诗画北京

李军 著

北京出版集团公司

北京出版社

图书在版编目（CIP）数据

诗画北京 / 李军著 . — 北京：北京出版社，2016.12（2017.10 重印）
ISBN 978-7-200-12628-0

Ⅰ . ①诗… Ⅱ . ①李… Ⅲ . ①诗集—中国—当代
Ⅳ . ① I227

中国版本图书馆 CIP 数据核字（2016）第 303510 号

诗画北京
SHI-HUA BEIJING

李军 著

出　　版	北京出版集团公司 北 京 出 版 社	
地　　址	北京北三环中路 6 号	
邮政编码	100120	
网　　址	www.bph.com.cn	
总 发 行	北京出版集团公司	
经　　销	新华书店	
印　　刷	北京荣宝燕泰印务有限公司	
开　　本	710 毫米 × 1020 毫米　16 开本	
印　　张	18	
字　　数	225 千字	
版 印 次	2016 年 12 月第 1 版　2017 年 10 月第 2 次印刷	
书　　号	ISBN 978-7-200-12628-0	
定　　价	65.00 元	

如有印装质量问题，由本社负责调换
质量监督电话　010-58572393

目　录

新貌篇

附录

后记

序

历史与现实押韵

林明华

    李军同志的诗集付梓，为展示北京的历史古韵和时代风姿，提供了一个解读的视角和诠释的版本。

    李军同志写诗，在我和与他相识的所有人中，应该算是一桩新奇的事。我对李军同志的情况还是比较熟悉的。20多年前，我从福建省委办公厅调至中国民用航空总局工作时，他是民航总局计划司的司长；1996年他任民航总局办公厅主任，是我的直接领导；2001年起，李军同志担任民航总局副局长，2006年到中国东方航空集团公司任党组书记等职，2011年又调回民航局（民航总局改为民航局）任副局长，2012年兼任中国航空运输协会理事长；现在他专注于航协工作。李军同志20岁参加民航，在民航工作40多年，从最基层的岗位做起，一步一个脚印走过来。在我的心目中，李军同志是我国民航卓有声望的一位领导，是全国政协积极参政议政的一位委员，是我在民航总局工作5年间对我工作、学习帮助最大的一位司局长，又是多年来一直保持君子之交的一位兄长。我熟悉他的刻苦敬业精神，一丝不苟作风，严以律己操守，乐于助人衷肠，也拜读过他编著的《中国民航年谱》和文集《民航研究论丛》《民航发展改革文稿》，非常钦佩。但是，我没有想到，最近一年多来，他居然成为写诗的人。

李军同志写诗，缘起于一次讲座。为了丰富机关生活，帮助大家更好地了解和认识北京，李军同志2015年10月在中国航空运输协会做了题为《北京变迁与发展》的讲座（文字稿已改写成本书的附录）。讲座受到大家的欢迎，后来又应邀到民航其他单位讲过。此时，李军同志萌发了用有限的篇幅和更有效的方式，即百首歌咏来介绍北京建都历史和城市风貌的想法，于是就有了这本《诗画北京》。

我有幸最早读到全部的稿本。不讲领导、故旧，从一个普通读者的角度读完全稿，我的总体感觉是赏心悦目，增长了见识，因此建议他出版这部诗稿，让更多的人得以分享。事后我进一步想到，李军同志的功业不在此处，出版诗集余事而已，好作品惠及更多的人理所当然。李军同志开始比较犹豫，后来下了这个决心。原因何在？我理解，作品犹如作者的子息，既已胎成，也该给个生产的空间和条件。而北京出版社慧眼识珠，是《诗画北京》的助产士和面世的呵护者。

阅读《诗画北京》，最能触动我的有以下几点：

第一，弘扬正气，深接地气。李军同志抒写北京历史兴替、古韵新貌，出于对我国古代文明的向往，对先民前贤的敬重，对新时代新发展的赞许，因此，正大气象是诗章的底色和主旋律。从诗篇中，我们读出了中华民族在人类文明发展方面的丰功伟绩，读出了我们作为中华民族子孙的民族自豪感，读出了我们实现中华民族伟大复兴的民族自信心。特别是北京新貌，印证了新时期中华民族屹立于世界民族之林的伟大能力和内在动力。这本诗集高扬与时俱进的旗帜，弘扬真力弥漫的正能量，为创造新时代鼓与呼，体现了对我国"文章合为时而著，歌诗合为事而作"（白居易语）伟大传统的继承和发扬。

第二，钩深致远，排沙简金。李军同志酷爱学习，自学成才，文字功力较深，长期在民航总局司局多个岗位历练，并且担任过16年副部级领导。个人独特的经历和学问养成，使他研究和把握问题具有宏观的统摄性、中观的协同性和微观的缜密性。他以一贯书写"庙堂之文"（长期以来，笔下文章大都关乎行业方针政策、发展大计）的严谨、庄重，致广大而尽精微，每一章诗篇、每一段诠释，都反复遴选素材、推敲字句，尽可能做到言之成理、持之有据；对能抵达现场的场景，都进行过实地考察，不著半句空文；所有诗篇承载着丰富的文史知识，梳理纷繁提纲挈领，向读者呈现最本质的内容，真知灼见闪烁其间。因此，集中诗篇堪称北京建都的"诗史"。然而，严谨并非板滞，写实不是笨拙。这里仅举一例。诗集中有一首诗写承德避暑山庄，从地域角度看跟北京似乎没有什么关系，但作者从清时各帝每年到避暑山庄避暑和处理朝政，避暑山庄的功用是紫禁城的延伸的实际出发构思该诗，这表明作者处理问题的视野开阔和驾驭题材的能力。我认为，这部诗稿诗梭编织之机，是附录中的长文《古今融会　交相生辉——北京建都历史与城市发展》。换句话说，诗集以此为经纬，全部诗章是次第、高低地悬挂在这一经纬线上的金、石、土、革和木、丝、匏、竹，神思风动，八音和鸣，汇成了时代强声。

第三，玉盘跳珠，明白晓畅。我国是诗的国度，诗歌是我国辉煌灿烂的文化遗产之一。现当代社会，还有许多人喜欢吟诗、赋诗，而且有些人喜欢写格律诗。我们知道，格律诗结构严谨，字数、行数、平仄或轻重音、用韵都有一定的限制，并且讲究用典和语言的雅致、音乐性，但随着时代的推移、语言的发展，有的汉字音韵变化很大，给格律诗的创作带来较大的困难。李军同志不去较格律诗的真，诗篇以五言押韵表达，这在形式上大大解放了自己，更有利于拓展诗思、提高诗性。整本诗集，内容深刻，包罗宏富，语言精练准确，清新明快，可读性强，一改所谓诗章的高冷形象，让大家喜闻而乐见。西方哲学家亚里士多德有言："像智者一样思考，但像常人一样表达。"我认为，李军同志做到了这一点。

第四，诗意盎然，得其三昧。诗歌讲究意境。所谓意境，是诗歌创作所达到的一种能令人感受领悟、玩味无穷却又难以明确言传、具体把握的艺术境界，它是形神情理的统一，虚实有无的协调，既生于意外，又蕴于象内。好的诗歌，有诗意的美，伦理的善，认知的真。通读《诗画北京》，我感到李军同志在力求诗性、诗味上做了很大的努力。

如《孔庙》中的句子，"汲泉涌文思，触柏识奸佞"，写孔庙中清高宗赐名"砚水湖"的古井，相传进京赶考的举子祭孔后饮了该井水，会考时将文思泉涌；写明代奸相严嵩代嘉靖皇帝祭孔时，行至孔庙最大的一棵柏树下，被树杈揭掉乌纱帽，几年后树上长出一个树瘤，看似一只龙爪抓住了一个人头，"触奸柏"由此得名。举子进京为博取功名，严嵩也是进士出身。《孔庙》全诗只有八句，可入诗的素材太多，作者撷取这两个传说，诗思诗境意味深长。

又如《八一大楼》，全诗为："巍屹昆泰峰，檐脊盘金城。浑然炉熔色，国强赖军雄。"前两句以昆仑、岱宗巍然屹立，万里长城蜿蜒盘旋，形容军委八一大楼的楼体、屋檐。第三句从楼体颜色，联想到人民军队这个大熔炉冶炼了无数硬铁精钢。第四句，从强军生发复兴中华的强国梦。全诗意境深邃，情感激越，正气昂扬，读后令人为之一振，催人作为。

再如《中南海》，全诗十六句，后八句为："蓝海衬脑海，瀛台瀛心强。丰泽丰四面，怀仁怀八方。勤政灯火明，金阁升紫光。鼓号遍神州，坚核大举纲。"作者将蓝海（中南海的泛称）、瀛台、丰泽园、怀仁堂、勤政殿、紫光阁这些中南海内的著名景观、建筑剪裁入诗，其名称所赋予的内涵，因诗意而丰富扩大，因写实而情景交融，因憧憬而超越时空。阅读此诗，我们形象地感受到了中南海作为党和国家中枢的地位和作用，感受到我们党不愧为运筹帷幄、决胜千里的坚强核心。同时，我们再次领略了李军同志诗歌明白晓畅、玉珠落盘的韵律之美。

还可以举出很多类似的例子。在这里要加一句，我认为李军同志对每首诗的诠释都非常用心，这些篇章知识密集，短小精悍，文字如秋水明漪见底，与诗章正文相得益彰。

《诗画北京》既是李军同志诗歌的滥觞，又是初步的丰硕成果。由此我想到一个问题，即一个人该如何丰富其生命姿态，尤其是一个有相当资质的人，该如何使自己的生命多姿多彩。我认为，但凡伟人也好，庸夫也罢，每个人心中实际上都囚着一匹小兽，这匹小兽遇到适当的机缘终究要破笼而出。如果一个人终其一生将这匹小兽闷死在心中，这与其说是其人胎杀了小兽，不如说是小兽的奔突、挣扎加剧了其人的终结。宋代诗人杨万里有一首《桂源铺》，诗曰："万山不许一溪奔，拦得溪声日夜喧。到得前头山脚尽，堂堂溪水出前村。"对于这首诗，人们赋予了很多解读。我想，诗中的溪水与我所说的心中的小兽，差可比拟。我们可以从李军同志诗歌创作中得到启迪。在写作《诗画北京》之前，李军同志与诗歌创作无缘，充其量是在繁忙工作之余，偶尔读些诗词舒缓一下紧张的心情，这还谈不上是专门的鉴赏。后来李军同志通过写诗，释放了心中的小兽。诗歌使他空中漫步的愿望成为可能，诗歌丰富了他的生命意象，诗歌成就了美好的现实。把小兽闷死在心中固然不好，但我们也应该选择好小兽破笼而出的机缘与方式。一个人在现实生活中纵情声色犬马，醉生梦死，就是小兽突围最坏的选择，当以为戒。在这方面，李军同志为我们做了很好的示范。

作诗需要机缘，读诗也一样。李军同志精心酿造了一坛好酒，有缘而相遇的读者一定不要错过。"太行牵燕山，虎跃上高磐。石浑偕潮白，龙腾下福湾。关口通朔漠，邻族互往还。拓出连广夏，沧海暨大原。"（《"北京湾"》）一册《诗画北京》在手，北京前世今生的万般风情皆备于我。"且向洞庭赊月色"，"隔篱呼取尽余杯"，岂不快哉！

是为序。

（林明华同志曾任原民航总局办公厅副主任、民航福建省管理局党委书记等职。系中国作家协会会员、国家专业书法家。已出版《天泉——周恩来与中国民航》《凤翥龙翔》等多部著作）

解用都为绝妙词

王广元

　　我曾自诩对诗歌是集读者、作者、编者于一身的"三栖动物"。随着年龄的增长，思维退化，不思进取，远离诗坛，堕为门外之物了。一日，家里有个在北京工作的女孩子推荐一本好诗给我读，京城果然出息人，这孩子竟然懂得好诗了。许久没有读到好诗，那就一过诗瘾吧。

　　开卷有益，"太行牵燕山，虎跃上高磐。"开篇《"北京湾"》就把我牵绊住了，顺着这一句诗就能找到我的故乡。太行山如龙似虎，尾巴甩在北京市境内的南口、关沟至拒马河一带，一路向西南，横亘平原，步入丘陵，跨越峡谷，穿过沟壑，翻山越岭，身子缓缓地抬起来，脊梁慢慢地凸起来，于太行峰巅高高地昂起头颅，"虎跃上高磐"这个地方也正是我的故乡山西省长治市。这一首小篇幅大容量的诗作，可以读出"冲积平原"的地质学概念，寥寥数言，绘就北京南俯中原，北枕居庸，东连山海，西峙太行的地理方位。这本书不是地理文化专著，我且把它当做地理书来读，每读到与我的故乡相关之地，我都会格外流连。

　　这本书也可当做历史书来看。"刘秀潞战秀，鄙南建东汉。"（《东汉》）公元25年，刘秀在潞城（今北京通州）剿杀农民军取得决胜，称帝于鄗南（今河北省邢台市柏乡县），建都于洛阳。之前刘秀率领他的舂陵军与莽军展开一场场生死搏杀。我的故乡长治古称潞州，辖内有一个名叫潞城的县级市，周边几个县份至今仍流传着王莽追杀刘秀的故事，遗存莽秀征战的地名王莽岭、王莽河、刘秀藏兵洞、消军岭等。此潞城建于春秋潞子婴儿封国，与通州之潞城虽不是一地，却有逐水而通的源流关系。潞城以潞水而名，潞水就是浊漳河，它携带着万千条涓涓细流汇入南运河，一路朝东北直奔京津，注入海河。有山水的眷顾，两个潞城相距不远。

"五代北域乱，晋王灭桀燕，后晋败后唐，燕云献契丹。"（《五代》）五代十国后梁乾化三年（公元913年），晋王李存勖率兵攻灭中燕，于后梁龙德三年（公元923年）建立后唐。公元907年到908年，晋梁双方对潞州展开了争夺。公元908年正月，晋王李克用逝世，其子李存勖千里奇袭，在三垂冈设伏大败梁军，主战场在今潞城市与长治市郊区交界处。毛泽东于1964年手书清代诗人严遂成的诗歌《三垂冈》，使人们开始关注这一场战争。

这书同时是青少年爱国主义教育优秀读本。顺着作者的笔迹阅读北京的历史，从远古的"北京人"遗址，一直走到五星红旗升起的天安门广场。"大街大广场，大安大正阳。大会大宏堂，大馆大博藏。大碑大功榜，大纪大四方。大旗大高扬，大梦大国强。"（《天安门广场》）八行诗用了十六个"大"字，真乃突发奇想，神来妙笔，大中华、大首都、大广场、大建筑、大气派，大字既出，风华毕现。

这还是一个实用的旅游文化读本。带着它按图索骥走北京，静下心来，耐住性子，边读边走，一定会有意外的收获。如果旅游部门把它作为培训教材，一定能使北京导游水平有一个大的提升。且走进《胡同》："京城老胡同，街巷条口井。东西南北连，前后左右通。宽窄本无致，大小排门槛。居市混所便，间闻叫卖声。"诗中"街巷条口井"是胡同的不同叫法，和我的故乡大同小异，只是口音差别。这和当年张骞出使西域带回来的胡椒、胡麻、胡桃、胡蒜、胡瓜、胡萝卜、胡芹、胡琴、胡笛、胡床是同一个出处。以井为居，建立了家园，称乡井。以井而市，建立了集市，称市井。以井而田，汲井水浇灌田地，建立了井田制。以井汲水发出"咕咚"之声，蒙古族人称井为"咕咚"，称井边而建的街道为圪洞，延伸为胡同、圪廊、圪当、过道。胡同是故乡的代名词，尤其是这个"井"字，是最能引发乡愁情结的一个符号。

且把它当做政治美文来读。题为《中南海》《人民大会堂》《政协礼堂》《大阅兵》《中纪委》《中央党校》等篇，政治色彩浓郁，诗情画意盎然，光明磊落，襟怀坦荡，浩然正气，直抒胸臆，读来快哉！它彰显了中华民族的政治文明。文章符合艺术规律，词、句、章、形、情、理都达到了美的要求，很好地解决了常识与知识、平凡与经典的关系。美文是替时代立言的，综合了天时地利之和，历史演变之机，体现出作者的修炼创造之功。

全书采用五言齐句结构，这是个精妙之选，不拘于律诗，不泥于词牌，但古风犹存，诗韵清绝，着墨惜墨，文笔恣意，读来有春风拂面般的惬意。但古典齐句诗不能像现代新诗那样几乎不受句子长短的约束，尽可轻松随意。书中的诗没有按格律诗要求中规中矩来写，而是采用诗词歌赋曲为我所用，文言文白话文巧妙组合，尽可能地兼顾韵辙音律关系，关照吟哦咏诵效果。作品有文野之分，读来有仁智之别，雅俗共赏才能满足不同读者群的阅读口味。

作品具有高尚而高洁的文化品味，不能忽略它的品赏玩味和附庸风雅的功能，这和读风雅颂的心态是一样的。图文并茂的编排使人耳目一新，带来的不仅是阅读时的愉悦，还有读后的反思所产生的修心养性润身的作用。作品的知识囤积量和信息占有量是对作者综合素质的考量。作者把长期积累甚至是穷尽所有的知识传播出来，是对读者的人性化礼遇。

清代诗人袁枚在《遣兴》诗中有句："解用都为绝妙词"。"解用"是理解和使用的意思。读到好诗，心存感激，谈一点读后感言，也顺便向我家的女孩子说声谢谢。我住山之头，君住山之尾，在诗歌里我们没有距离。

（王广元，中国作家协会会员、一级作家，原任长治市文联副主席、《漳河水》杂志主编，著有诗集《蚂蚁过河》《燕子低飞》《布谷叫天》《狼走雪野》《蜘蛛结网》，散文集《臣本布衣》《身为草民》等，诗文曾多次荣获国家级和省级奖项。本文刊登于2017年10月15日《长治日报》。作为本书的代序，经征得本人同意，做了个别改动）

兴替篇

本篇二十三首，写北京是龙兴福地，在历史变迁中，很早成为封国的都城，后来长期作为多民族大国的首都。

"北京湾"

太行牵燕山，
虎跃上高磐。
石浑偕潮白，
龙腾下福湾。
关口通朔漠，
邻族互往还。
拓出连广夏，
沧海暨大原。

北京处于太行山余脉与燕山山脉交结之地，是一块冲积平原，称为"北京湾""北京小平原"。早先琉璃河（大石河）、永定河（浑河）、潮河和白河（汇合为潮白河）等多条河流从北部高地向东南流淌，水源充沛，草木丰茂。向北和东北有居庸关、古北口、喜峰口和山海关，并称为"四大孔道"。北方少数民族入主中原，均依托北京。辽、金、元、清四代，均为少数民族政权，促进了少数民族与汉族、游牧民族与农耕民族的不断融合。北京至西南通向华北平原，至东南通向渤海，至东北通向东北平原。

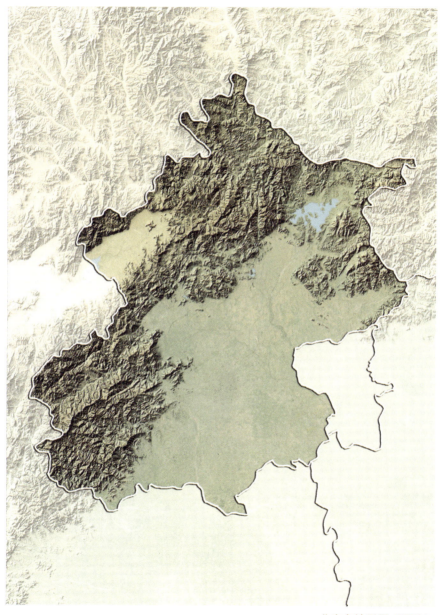

北京市地形图（网购）

"北京人"（外一首）

北京老祖先，
神居龙骨山。
几洞几族群，
何缘何移迁？

旧石器时代早期，距今约180万年—距今约10万年（包含古史传说中的"燧人氏"时代），目前我国考古发现的古人类遗迹有"元谋人""蓝田人""北京人"等遗址。"北京人"发现于北京房山周口店龙骨山的"猿人洞"，距今约70万年—距今约20万年。在该地另一山洞发现的"新洞人"，为距今约20万年—距今约10万年的早期智人；在山的顶部发现的"山顶洞人"，为距今约3万年—距今约1万年的晚期智人，其体质特征基本与现代人一样。他们的历史渊源和迁徙情况，尚无定论。

周口店遗址

北京周口店龙骨山猿人洞（单位网站）　　"北京人""山顶洞人"（后）塑像

北京周口店龙骨山

王府井遗址

繁市大街边，
惊喜古炊烟。
褐石磨钝器，
赤粉涂美颜。

北京王府井古人类文化遗址位于东方广场地下三层，系1996年12月在该地施工时发现。在距地表12米深的2000余平方米范围内，出土了2000余件文物，包括石制品、骨制品和用火遗迹。赤铁矿粉沫是古人用来美容的颜料。考古专家认定属于旧石器晚期，距今约2.6万年—距今约1.5万年，是古人类狩猎宰杀动物和打造工具的地方。是迄今全世界唯一在大都市中心区发现的古人类文化遗址。

王府井古人类文化遗址

王府井古人类文化遗址博物馆内壁画

用火遗迹

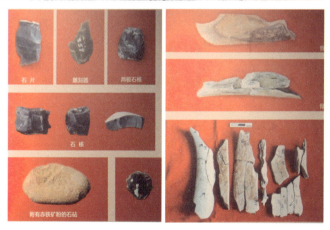

出土石制品、骨制品

新石器

沟畔倚山林，
平谷起上宅，
军都喜弄雪，
深耕五千载。

　　新石器时代为公元前1万年—前3500年，是传说中的神农氏时代。考古发现的门头沟永定河畔的"东胡林人"墓葬，距今1万年左右；平谷盆地的"上宅文化"，距今约7000年—距今约6000年；军都山旁的"雪山文化"，距今约6000年—距今约5000年。

　　为了实地体验和拍摄照片，作者于2016年10月的一天，来到门头沟区东胡林人遗址。在东胡林村口几经打听，才找到这个地方，是在发掘墓葬之处刚建成不久的一个院子，通上去的路还没有修好，门紧锁着。据住在坡下的先生说，里面只有发掘现场，文物收藏在北京大学。山脚下的清水河，是永定河的一条支流。河的对岸是西胡林村，设有公交车站。在古人类遗址的上端和左边，分别矗立着高压电塔和移动通信基站的天线。遂作了一首题目为《穿越》的诗："沉寂逾万年，今显得新院。下坡临公交，上网近基站。"

　　一天，作者与摄影师王维清一起来到昌平区南口镇，考察雪山文化遗址，发现已不存在。雪山村的人说，"水塔那个地方就是"。村民曾挖出石斧等文物，被有关部门收购。

门头沟区东胡林人遗址

平谷上宅文化博物馆

平谷上宅文化遗址（资料图）

昌平区雪山村（王维清摄）

燕国（四首）

封　燕

大河向东南，
城筑丛林边。
近山辟广地，
召伯封北燕。

北京在3000多年以前就形成了两个城邑，一个为燕，一个为蓟。《史记·燕召公世家》记载，公元前1046年西周建立，前1045年周武王"封召公于北燕"。召公（亦称召伯）的名字叫姬奭，与周公、姜太公

西周燕都遗址博物馆

并称周之"三公"，辅佐周武王治理国家。召公在长安附近还有封邑，因此并没有亲自来管理燕国，而是委托他的儿子克来代管。燕国城池在今房山区琉璃河镇董家林村，设有西周燕都遗址博物馆。

克盉（资料图）

克盉、克罍铭文

克罍（资料图）

　　铭文的译文：周王说：太保，你用盟誓和清酒来供你的君王。我非常满意你的供享，命（你的儿子）克做燕地的君侯，管理和使用羌、驭、微等六族。克到达燕地，接收了土地和管理机构，为纪念此事铸造这件宝器。

燕都蓟城

浑河绕蓟丘，
同封尧帝后。
千乘据沃土，
终为燕所收。

《史记·周本纪》记载说：周武王封"帝尧之后于蓟"。蓟国与燕国相邻，是在当时浑河边一个叫"蓟丘"的高地上。春秋时期，燕国强盛，蓟国弱小。燕国在向北发展中占据了蓟城，并将其作为都城，蓟城成为"燕都蓟城"。在广安门北南二环路内侧的绿地上建有蓟城纪念柱。

蓟城纪念柱

蓟城纪念柱碑记

燕　兴

大燕卫国邦，
下都建武阳。
昭王雪旧耻，
金台聚贤良。
乐毅伐齐战，
完胜扩南疆。
可叹惠王妒，
将去良弓藏。

燕　殇

秦王扫六合，
赵灭攻燕国。
下都围战逼，
上廷斩荆轲。
何信再献首，
遁辽束手捉。
历封八百年，
姬喜唱悲歌。

　　燕国最强盛的阶段是燕昭王时期。燕昭王把军事重镇武阳城营造为"燕下都"，在今河北易县境内。在易水旁修筑"黄金台"招贤纳士。重用魏国来投的乐毅为上将军，联合赵、韩、魏、秦四国攻打齐国取得胜利，连下七十余城。但燕惠王在做太子时就嫉妒乐毅，燕昭王死后齐国施以反间计，乐毅离开燕国。齐国发动进攻，燕国从此一蹶不振。

　　秦国强盛后，发动吞并六国的战争。在灭赵国后与燕国在燕下都对战。燕太子丹派荆轲刺杀秦王败露，荆轲被斩。燕王喜二十八年（公元前227年），秦大将王翦攻下燕都，姬喜逃亡辽东，斩太子丹求和未成。公元前222年，姬喜在辽东被俘，燕国灭亡。自召公受封，历823年、43位侯王。

　　史书记载，春秋战国时期，在燕国蓟城西北部（今延庆军都山地区），居住着强大的山戎族，不断对燕国及齐国进行袭扰。1987年在延庆建立了山戎文化陈列馆。

秦　代

秦设广阳郡，华夏大一统。
咸阳集万娇，削侯尽毁城。
蒙恬战匈奴，连障赖居庸。
始皇四巡莅，驰道八方通。

秦从统一到亡国，共15年。为了加强对各地的控制，采取郡县制，在燕地设广阳郡。秦始皇下令毁掉各地城池，把原来的官宦及亲眷集中到咸阳附近。秦国拆除了燕国沿易水所建南长城，打通与华北及关中地区的联系。到215年，派蒙恬将军北击匈奴后，连接加固了秦、赵、燕长城，成为万里长城。"居庸关"因居住筑城"庸徒"而得名。秦在全国修建驰道。秦始皇五次东巡，第四次到了广阳郡。

位于今河北易县的燕下都遗址（资料图）

西汉（外一首）

高祖亲伐燕，封罢皆卢绾。
几短改郡治，意长在集权。
联廷谋帝位，事败死刘旦。
废庶再封王，大葆葬刘建。

公元前202年，刘邦打败项羽建立西汉王朝。同年7月刘邦亲自率兵讨伐叛乱的燕王臧荼，取胜后封其亲信太尉卢绾为燕王。后刘邦逐步取消异姓诸王，卢绾被废后投降匈奴。西汉（包括王莽和更始帝）231年中，蓟城四度为郡治首府仅33年，其名为燕郡、广阳郡、广有郡。公元前117年，汉武帝封其子刘旦为燕王。公元前87年，汉武帝卒昭帝继位。刘旦与廷内官员和公主勾结，密谋叛乱篡夺皇位。事败后刘旦畏罪自缢。其子刘建先被废为庶人，后又被封为广阳顷王。1974年8月在丰台区大葆台发掘了刘建之墓，出土大量文物，设有博物馆。

路县遗址

名镇建副中，恰行考古工。
历代千座墓，西汉一县城。

为配合北京城市副中心建设，北京市文物局组织全国9家考古队，于2016年2月至9月，在通州区潞城镇实施考古工程，发掘了西汉路县城址1座，从战国至清代古墓1092座。

大葆台西汉墓博物馆　　　大葆台西汉墓出土的黄肠题凑（资料图）

通州西汉路县古城遗址（北京市文物研究所提供）

东 汉

刘秀潞战秀，鄗南建东汉。
彭宠怨未宠，拥兵再分燕。
平复图兴治，太守伋与堪。
黄巾剿战紧，北域复纷乱。

公元25年，刘秀率兵在潞城（今通州）剿杀农民起义军取得决胜。同年六月在鄗南千秋亭（今河北柏乡县）称帝，建立东汉。第二年，渔阳太守彭宠自恃助刘秀取胜有功，因未加爵生怨而发动叛乱，攻破蓟城自立为燕国，三年后被平息。渔阳地区因战乱受到很大破坏，后经郭伋、刘堪等太守治理得以恢复和发展。东汉后期，朝廷忙于镇压黄巾起义，全国四分五裂。蓟城中断了与朝廷的联系，处于北方军阀战乱之中。

北京通州出土的陶俑，为东汉—魏晋时期墓葬内的常见随葬品（方非摄）

邢台市柏乡县千秋亭（刘秀称帝旧址）遗址碑石（资料图）

魏 晋

魏筑戾陵堰，募农行屯田。
聚得粮满仓，兴兵图江南。
西晋改幽州，刺史凶且残。
华芳深冢隐，嘉福高寺显。

　　三国时期，广阳郡属于魏国。曹操经官渡之战打败袁绍后基本统一北方，招募流亡农民屯田，并兴修水利。在蓟城设立征北将军府，征北将军刘靖在梁山（今石景山）边㶟水上修建戾陵堰蓄水抬河，沟通高梁河和潞水。因扩大灌溉提高粮食产量，支持了曹操在南方的战争。

　　西晋初期，蓟城为燕王封地，后改为幽州治所。幽州刺史王浚非常苛酷。他于公元301年割据幽州，312年宣告取代晋朝。314年王浚被羯族石勒擒杀。1965年在北京西郊八宝山以西约0.5公里处，发现了王浚之妻华芳的墓葬。西晋在西部山区修建了嘉福寺，即现在的潭柘寺。

北京八宝山以西的西晋华芳墓出土的萨珊乳突玻璃碗（资料图）

西晋华芳墓出土的骨尺（资料图）

隋　代

统国谋大举，
修成人字渠。
南船达涿郡，
纵横五千里。

隋朝历时39年。隋开皇三年（583年）废除燕郡，大业三年
（607年）改幽州为涿郡。隋代修建了永济渠，形成了南起余杭、
北达涿郡的大运河，全长四五千里。

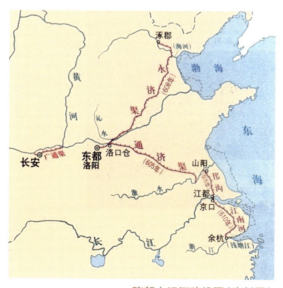

隋朝大运河路线图（资料图）

19

唐　代

幽州至范阳，大唐郡之冠。
建寺悯忠魂，太宗息兵还。
乱国挟内讧，安史称大燕。
河朔封三镇，割据逾百年。

唐代历时289年。唐太宗征东战败后，为纪念阵亡将领，决定修建悯忠寺（以后建成），即现在的法源寺。唐武德年间（618—626年）涿郡复称幽州，天宝元年（742年）改为范阳郡，为诸郡之冠。公元755年，范阳节度使、东平郡王安禄山及其亲信史思明发动叛乱。公元756年安禄山自立帝位，国号大燕，称雄武皇帝，以范阳郡为大都。不久安禄山集团发生内讧。公元763年"安史之乱"平息，唐朝分封河朔三镇，但这一地区仍为军阀割据。

位于北京市西城区南横西街的唐悯忠寺故址
（曹晋钢摄）

五 代

五代北域乱，晋王灭桀燕，
后晋败后唐，燕云献契丹。

唐朝灭亡后，北方进入五代时期，从907年至960年共53年，即后梁、后唐、后晋、后汉、后周。唐末至五代初，军阀刘仁恭、刘守光割据幽州19年。后梁乾化元年（911年），刘守光称帝，以幽州城为都城，国号大燕，史称中燕，亦称桀燕。913年，被晋王李存勖率兵攻灭。李存勖于923年建立后唐。这时东北契丹势力日益强大，趁关内战乱南下袭扰，但屡遭失败。公元936年，后晋的建立者沙陀人石敬瑭为打败后唐勾结契丹，将包括今北京在内的燕云十六州割予契丹，并自称儿皇帝。这一降让为辽国及后来的金国威胁后汉、后周、宋朝打开了门户。

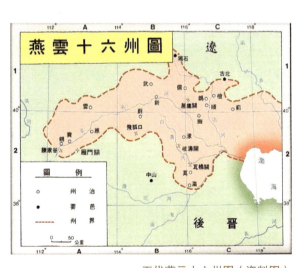

五代燕云十六州图（资料图）

21

辽南京

耶律阿保机，
称帝临潢城。
德光幸得地，
陪都造南京。
因俗治新国，
后相携辅政。
战罢高梁河，
相安澶渊盟。

907年，耶律阿保机建立契丹国，做了皇帝。926年他在攻打渤海国的战争中死去，其次子耶律德光即位。契丹的首都为上京临潢府（今内蒙古赤峰巴林左旗）。石敬瑭割让燕云十六州后，契丹升幽州为陪都，称南京析津府。另外还有三个陪都。契丹采纳汉人意见建立朝廷制度，对不同地方"因俗而治"。938年（一说947年），契丹攻下开封，改契丹国号为大辽，与宋对峙。982年辽景宗耶律贤去世后，12岁的耶律隆绪（圣宗）继位。太后萧绰（萧燕燕）与丞相韩德让辅政。宋辽经高梁河之战，于1004年订立"澶渊之盟"，开始睦邻友好。辽代自907年至1125年，共218年。在北京市西城区烂缦胡同北口，有"辽安东门故址"；在广安门大街与南北线阁街道相交处，有"辽燕角楼故址"；在平谷区有太后村。

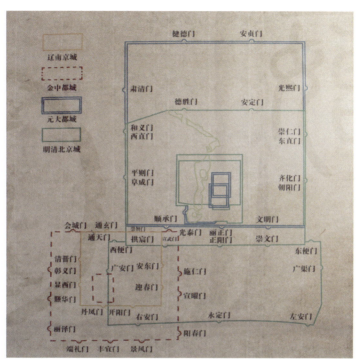

辽南京与金中都、元大都、明清北京城位置示意图

辽安东门故址（曹晋钢摄）

位于平谷区的太后村

金中都

完颜统女真，反辽建大金。
联宋再掳帝，绍兴定疆分。
痛夷会宁府，中都代析津。
大定图兴治，史赞小尧舜。

　　1114年，完颜阿骨打统领女真族誓师反辽，1115年建立大金国，形成与宋、辽、西夏并立局面。宋为了攻打辽国，与金订立"海上之盟"。金太祖完颜阿骨打于1123年死于征战途中，太宗完颜晟即位。1125年，金军分两路攻宋。1127年攻下汴梁（今开封），掳走徽宗、钦宗二帝及幕僚眷属3000余人，北宋灭亡。赵构建立南宋并迁往临安（今杭州）。1135年金熙宗完颜亶即位。1141年（宋绍兴十一年）宋金"绍兴和议"后确定版图，淮河以北归金。金太祖之孙、海陵王完颜亮1149年夺位，1153年4月迁都燕京，称圣都，不久改为中都。完颜亮迁都使北京历史上第一次成为古代中国的首都。他动用了120万人建设这座城市。为了断绝退路，还将旧都上京会宁府（在今哈尔滨市阿城区）的宫殿豪宅彻底夷毁。大批贵族官僚阶层进入中都，使得商业迅速发展。1161年完颜亮率兵攻宋失利，被哗变金军杀死。已在辽阳拥兵称帝的金世宗完颜雍于年底到达中都。金世宗停止攻宋，革除旧弊，实现了"大定之治"，为后来金章宗"明昌之治"奠定了基础，史赞为"小尧舜"。经金世宗时决定，金章宗时建成了广利桥（后称卢沟桥）。金中都居住众

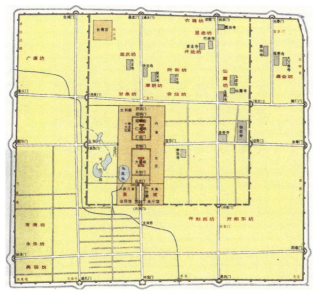

金中都城市示意图（资料图）

金中都公园　金中都南城垣水关遗址

多民族，人口达到百万，成为当时世界上最繁华的商业大都市。在广安门南二环路内侧建有金中都公园，右安门外发掘了金中都水关遗址。

元大都

蒙古图霸业，南进破居庸。
西夏金宋灭，占城始屠城。
大元建大都，人稀分人等。
驿传由政使，运通促业兴。

　　当南宋、大金、西夏对峙和衰落之时，蒙古族在大草原逐步兴盛。1206年，成吉思汗建立大蒙古国。他从1211年开始两次率兵攻入居庸关。1214年，金宣宗惧怕蒙古威胁迁都南京（今河南开封）。1215年蒙古攻下金中都恢复燕京旧称。攻占时进行了为期一个月的大屠杀，并纵火焚城。1227年成吉思汗病故。当年蒙古灭西夏。1234年蒙古联宋灭金，随后又与宋军展开激战。1260年忽必烈夺得汗位，1264年下诏将燕京路改称中都路。1271年忽必烈正式建国号"大元"，1272年改中都为大都，定为国都。1274年正式迁都，上都开平（位于今内蒙古自治区锡林郭勒盟）改为避暑行都。1279年元灭南宋，北京成为多民族统一大国家的首都。从1267年开始，元在金中都原址东北方向另建新城，历时26年，规模扩大数倍。元朝把国人分为四等，一等为蒙古人，二等为色目人，三等为汉人，四等为南人。元重视交通运输并建立了全国的驿传系统，保证政令传布，促进了经济发展。北京现在北土城到西土城，建有元土城遗址公园。

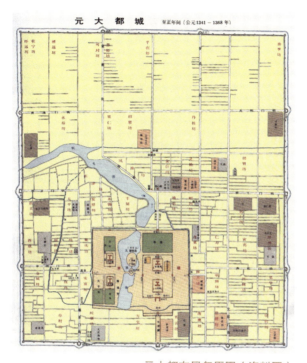

元大都布局复原图（资料图）

元土城遗址公园雕塑（王维清摄）

元大都城垣遗址

明北京

太祖灭元军，
应天建大明。
北平替大都，
燕王太子宫。
靖难夺皇位，
迁都四九城。
嘉靖展新图，
筑基老北京。

明太祖朱元璋25岁加入红巾起义军，因战功显赫受到提携。朱的部队于1368年战胜元军和其他起义军后建立大明，以金陵应天府（今南京市）为首都。当年徐达将军率部攻下元大都，改称为北平府。朱元璋1370年封第四子朱棣为燕王，驻守北平。1398年朱元璋病逝，传位于长子朱标（其时已死）之子朱允炆。朱允炆采纳朝臣奏议削弱地方政权，藩王受到威胁。燕王朱棣发动"靖难之役"，于1402年推翻朱允炆夺取皇位。1403年升北平为北京，改北平府为顺天府。1406年下诏迁都，开始修建皇宫。从1421年大明正式迁都，到1644明朝灭亡，历时223年。北京先是建成了紫禁城、皇城和内城，在嘉靖年间又扩建了外城，老北京城市格局自此形成。

清京师

太祖立后金，誓雪七大恨。
太宗建大清，睿王助福临。
投将战闯王，偷关速夺门。
故城得新用，盛世兴园林。

　　1616年，努尔哈赤在赫图阿拉（今辽宁抚顺新宾满族自治县内）登汗位，建大金国，史称后金。三年后发"七大恨"檄文，开始向南征讨明朝统治政权。1626年努尔哈赤攻战负伤而死，其第八子皇太极即位。1636年皇太极登基称帝，国号大清。1643年皇太极病逝，其第九子六岁的福临即位，其叔父睿亲王多尔衮等辅政，继续攻伐明朝的战争。1644年农历三月十八日，李自成起义军攻进北京，山海关总兵吴三桂向清归降后继续与之对战。多尔衮四月二十二日率清军秘密入关，挫败李自成军后，五月二日从朝阳门入城。福临九月抵达北京，十月初一行定鼎登基之礼，大清王朝自此迁都。清代称北京为京师、京城、顺天府。清对原北京城完整接收和利用，在康乾盛世大规模兴建园林。清政府自1644年入京至1912年被推翻共268年，是在北京定都最长的朝代，对国家发展和老北京文化的形成，具有重大影响。

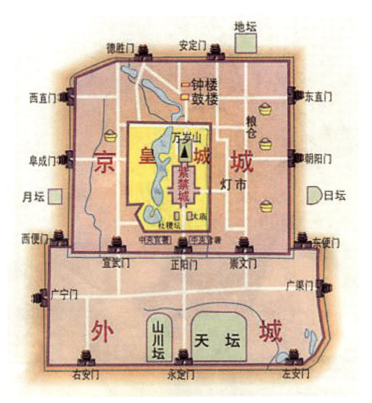

明清北京城示意图（资料图）

大清门迎銮（资料图）

民初首都

辛亥响枪声，紫禁敲丧钟。
袁窃胜利果，大皇一枕梦。
军阀轮流坐，末帝迫出宫。
二次北伐起，国都转南京。

　　1911年武昌起义成功，清摄政王载沣被迫解散皇族内阁，任命袁世凯为内阁总理大臣。1912年1月1日中华民国临时政府在南京成立，孙中山就任临时大总统。经南北议和，2月6日南京参议院通过清室《优待条件》；2月12日，隆裕太后带着六岁的小皇帝溥仪在养心殿颁布《退位诏书》；2月13日，袁世凯通电支持民国，孙中山宣布辞职。袁世凯3月10日在北京就任临时大总统，中华民国定都改为北京。1915年12月，袁世凯决定恢复帝制，建立"中华帝国"，年号洪宪。由于遭到全国反对，1916年3月22日宣布取消帝制，历时83天的"皇帝梦"结束。6月6日袁世凯病死。此后军阀战乱，皖系、直系、奉系轮流执政。1924年10月23日冯玉祥发动北京政变，11月5日皇室被赶出紫禁城，移居醇亲王府。1927年，国民政府在南京成立。1928年国民革命军发动二次北伐，北京改为北平，划为特别市。

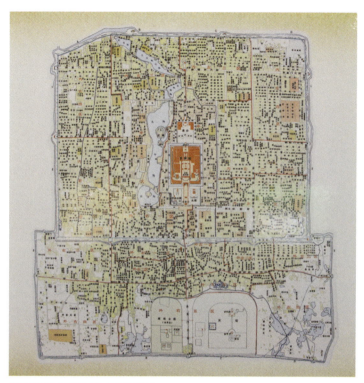

民国初期北平地图（资料图）

民初总统府大门（资料图）

新中国首都

红楼始张帆，南湖启航程。
井冈集武装，赣南育火种。
延安明灯塔，平山赢决胜。
人民共和国，定都新北京。

苏联十月革命后，马克思主义在中国传播，陈独秀、李大钊在北京大学红楼相约建党。1921年7月，中国共产党第一次全国代表大会在上海召开，后为免遭破坏转到嘉兴南湖游船上举行。1927年8月1日周恩来等发动了南昌起义。1928年4月毛泽东率领的农民起义军与朱德率领的南昌起义部队在井冈山会师。1931年11月中华苏维埃共和国临时中央政府在瑞金诞生，在根据地孕育革命火种。1935年10月红军长征胜利到达陕北，国共合作后改编为八路军，进行了艰苦卓绝的抗日战争。抗战胜利后国民党反动派发动内战。1948年5月，中共中央机关转移到河北平山县西柏坡，指挥了辽沈、淮海、平津三大战役，取得决定性胜利。1949年1月31日北平和平解放，2月3日中国人民解放军入城。3月25日毛泽东主席率领中央机关进驻北平，指挥解放全中国的战役。4月21日发布向全国进军的命令，4月23日人民解放军占领南京。9月27日中国人民政治协商会议第一届全体会议通过《关于中华人民共和国国都、纪年、国歌、国旗的决议》，中华人民共和国的首都定于北平，并复名为北京。1949年10月1日在天安门举行开国大典，中华人民共和国中央人民政府宣告成立。

中华人民共和国开国大典油画（网购）

中国人民解放军进入北平（资料图）

古韵篇

本篇四十三首，写古都北京的城市规制、建筑风格和人文内涵。按京城、宫殿、坛庙、街区、园林、皇陵等类项排列。

"四九城"

元移建大城，
明收再围城，
清造园林城，
新华护古城。

宫城紫禁城，
皇城四门城，
内城九门城，
外城南半城。

　　这首诗写老北京的城市变迁和营建规制。辽南京和金中都在今宣武门以南一带，规模较小。元朝新建大都，规模扩大数倍。明朝将北城墙南移，并进行了规整。清朝基本使用原来的城池。自中华民国初年到新中国，对古城进行了保护。

　　《周礼·考工记》称"匠人营国，方九里，旁三门。国中九经九纬，经涂九轨。左祖右社，面朝后市，市朝一夫"。老北京基本是按此规制和理念修建的。最终整座城市分为紫禁城、皇城、内城（或称京城）、外城四个层次。内城呈正方形，嘉靖年间扩建外城后整体呈南北凸字形。"四九城"的叫法，是按皇城和内城的城门配置而形成的。皇城有四座城门，即天安门、地安门、东安门、西安门。天安门两边有

明城墙遗址公园（内城东南角楼）（王维清摄）

长安左门和长安右门。内城四周共有九座城门，其中南面三座，即正阳门、崇文门、宣武门；东面二座，即朝阳门和东直门；西面二座，即阜成门和西直门；北面二座，即安定门和德胜门。从永定门到钟楼有一条贯穿南北的子午线，通称中轴线。外城有七座城门。其中南面三座，即永定门、左安门、右安门；东面二座，即广渠门、东便门；西面二座，即广安门（原称"广宁门"）、西便门。（参见第30页上图）

永定门（王维清摄）

德胜门（网购）

紫禁城

仰对紫微星，俯沿子午线。
皇权称天子，内和毗外安。

端门一屏立，午门五凤展，
华门两相对，神武倚佛山。

阔地逾千亩，广厦近万间。
彩樑衬金瓦，朱壁缀玉练。

雄伟三大殿，左右文武前。
富丽三深宫，东西嗣嫔边。

先祖尊以优，大室临雅院。
亭台阁榭美，怡然御花园。

方角耸楼秀，高围矮垛环。
茂柳垂阴重，宽河闭森严。

　　紫禁城即现在的故宫，明成祖永乐四年（1406年）开始建设，永乐十八年（1420年）建成，从1421年至1912年，历经492年，是明清两代24位皇帝的皇宫。1912年清廷宣告退位，1924年被逐出宫禁。1925年设立故宫博物院。紫禁城占地72万多平方米（1078亩），有9000多间殿宇房屋，建筑面积约15万平方米。

本诗第一节写紫禁城"皇权至上、内和外安"的营建理念。皇宫对应紫微星而称紫禁城。南北沿中轴线而建。皇帝是天子，皇权天授，天安门原称承天门，清顺治八年（1651年）改建后称天安门。"内和外安"体现的是皇朝的希冀。紫禁城太和、中和、保和三大殿，太和、协和、熙和三门，都突出一个"和"字。皇城四门及两座旁门都有"安"字。但在封建统治时期，内和外安很难实现，经常面临的是内忧外患。

第二节是对皇宫城门的描写。把午门前的端门看作一座屏风；午门的大门楼和四座小楼，称作五凤楼；东华门和西华门相对称；北面的神武门依托景山，而景山上的五个亭子原有五尊方佛。

第三节写皇宫的宏大和辉煌。皇宫面积很大，殿宇很多，金瓦彩樑，红墙玉栏，美丽壮观。

第四、五两节写皇宫的布局和功能。按前朝后寝、左文右武规制。前朝为太和殿、中和殿、保和殿三大殿，其前左侧为文华殿，前右侧为武英殿。后寝为乾清宫、交泰殿和坤宁宫，两边的东六宫和西六宫为后妃和子嗣所用。太上皇、太后受到优待，建有专门的殿院，还有自己的花园。如乾隆为自己退位营建了宁寿宫，但未居用，仍然住在养心殿（自雍正帝以后皇帝住寝理政之地）。

第六节写紫禁城的外围。角楼异常瑰丽，高墙宽河戒备森严。

乾清宫内景（资料图）

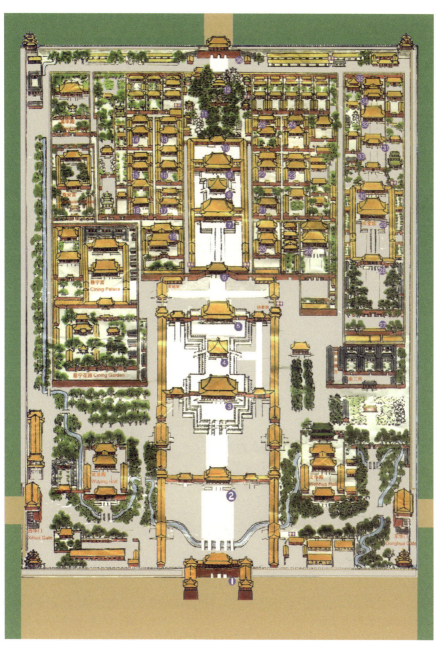

紫禁城（故宫）平面示意图（网购）

紫禁城太和殿（资料图）

紫禁城西北角楼（黄文平摄）

景　山

标定中心点，延展中轴线。
庇佑紫禁城，镇山五佛山。

绮望登阶上，万春方峰巅。
辑芳观妙角，富览周赏圆。

阴殿祭先皇，观德习武场。
思宗殉国处，朝亡自堪伤。

山桃迎春开，杏兰蔷棠来，
月季比牡丹，百花芬如海。

银杏金叶丰，柿挂红灯笼，
竹风报平安，鹊登梅枝弓。

雪松白皮松，桧柏将军柏，
矮杨伴高杨，国槐怀中槐。

　　景山始建于辽金时期，已有近千年的历史。在元代称为青山，归于皇家御苑。明代修建紫禁城时在此堆放煤炭，俗称煤山。用挖掘护城河的土堆高后，称为万岁山或镇山。景山相对高度为45.7米，海拔高度为94.2米。1928年辟为景山公园，现占地面积23万平方米（345亩）。

景山

诗的第一节写景山是北京内城的中心点，南北中轴线向两端延伸，在山顶万春亭下部的平台上有此标注。明清两代，景山不仅是皇家御苑的组成部分，也是紫禁城北面的座靠。第二节写从绮望楼登上山顶，中间有正方形的万春亭，两边分别是八角形的

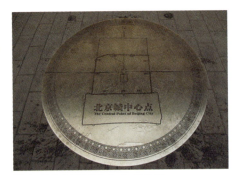

景山万春亭下城市中心点坐标

辑芳亭和观妙亭，圆形的富览亭和周赏亭。第三节写山后的寿皇殿，这里是皇帝驾崩后停灵祭奠的地方。东北侧的观德殿及前广场，曾是皇家

崇祯皇帝殉国处

将军柏

注：上图崇祯帝自缢的槐树于1971年被伐除，1981年从山前移栽一棵较小的槐树，1996年又更换为现在的槐树。

后裔习武的场所。东面山脚是明思宗自缢的地方。第四至第六节是对花果树木的描写。景山的白皮松、银杏树、柿子林很有名气，间有"将军柏""怀中槐"等景观。每年4月中下旬满园牡丹绚丽多彩。

景山公园的牡丹花

北 海

辽金辟离宫，大元建皇殿。
明清成御苑，民初开游园。

六海六带弯，北海北城南。
海为湖之名，海阔岸径宽。

入水荡轻舟，出水浥红莲。
长廊临水绕，垂柳风水间。

九五龙亭壁，大小两西天。
阐福应快雪，画舫近蚕坛。

琼岛万岁山，绿蕴春阴满。
永安上高塔，承露下漪澜。

团城瓮门紧，松护承光殿。
冾与中海分，金鳌玉蛛边。

北海在金代称为"瑶屿"。金大定六年（1166年）始建御苑。元代皇宫依这里的山水而建。明清时期为西苑三海之一。1925年对公众开放。现北海公园总占地面积约71万平方米（1065亩），其中水面约39万平方米（585亩）。

北海全景（黄文平摄）

　　诗的第一节写北海的历史变迁。第二节写北海的水面是六海中最大的，位于皇城北墙之南。第三节写北海的水面和沿岸的游廊。北部水面划船，南部种满莲花。第四节写北岸的九龙壁、五龙亭、大西天、小西天、阐福寺、快雪堂、画舫斋、先蚕坛等景观。第五节写琼岛春阴，从永安寺上白塔，后山的仙人承露盘和漪澜堂等。第六节写团城，以及北海与中海以金鳌玉蛛桥（今北海桥）为界。

北海九龙壁

北海小西天，乾隆皇帝为其母贺寿所建

北海五龙亭

团城及北海桥

左祖右社

皇宫左前边，太庙祭祖先。
三墙三重围，三殿三居间。
三节三月祭，大事大告奠。
关帝祭与守，精致小金殿。

右前社稷坛，土谷两神仙。
黄青白黑红，中东西北南。
备殿少拜殿，祭祀大殿前。
国以农为本，民以食为天。

　　明初在修建紫禁城时，按"左祖右社"规制，在午门至天安门东西两侧分别建太庙和社稷坛。1924年太庙对公众开放，名称为和平公园，1950年改为劳动人民文化宫。1914年社稷坛开放，名称为中央公园，1928年改为中山公园。

　　诗的第一节写太庙是皇室祭祀祖先的，有三重围墙，享殿、寝殿、祧庙三殿居于中间；每年正旦（正月初一）、冬至、万寿（皇帝生日）三大节和四、七、十月份的初一都要祭祀，遇有大事专门祭告；原有一旁庙专门祭祀关帝，也让他保护坛庙和祭祀活动的安全。第二节写社稷坛是祭祀太社和太稷的，即土地和五谷之神。坛面中间和东西南北对应的是黄青白黑红之色，表示我国各个方位土地的颜色。

紫禁城（故宫）前面的"左祖右社"（网购）

社稷坛（中山公园）大门

太庙（北京市劳动人民文化宫）大门

从戟门看太庙大殿

社稷坛五色坛面

天坛地坛

天坛周大园，恢弘居东南。
地展四千亩，神道连殿坛。

大圆圜丘坛，九九扇青环。
面阔五百平，声宏灯高悬。

雄伟祈年殿，五谷丰登愿。
高耸逾百尺，三檐三玉栏。

临坛皇穹宇，威仪立神龛。
奇妙回音壁，斋宫皇乾殿。

相对十里外，天南地北边。
天圆地方形，天大地小间。

祭奠地祇神，黄瓦镶围环。
山岳海渎位，尊立两坛沿。

天坛建于明永乐十八年（1420年），清乾隆年间（1736—1796年）、光绪年间（1875—1908年）曾重修改建。天坛占地面积273万平方米（4095亩）。其坛面为圆形。天坛公园1918年开放。诗的第一至第四节写天坛，包括位置、面积和格局，祭天的圜丘坛，祭谷的祈年殿，以

天坛祈年殿（王维清摄）

及皇穹宇、回音壁等。

地坛建于明嘉靖九年（1530年）。地坛占地面积37.4万平方米（560亩）。其坛面为方形。1925年开放地坛为京兆公园，1954年改为地坛公园，后曾作为苗圃，1957年恢复为地坛公园。第五、第六节写地坛，因祭地祇神，方泽坛四周为黄瓦所镶。在

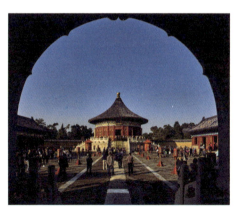

天坛皇穹宇（王维清摄）

坛座东西边沿，南侧有山形纹石雕十五尊（东八西七），为祭五岳、五镇、五陵山神位；北侧有水形纹石雕八尊（东西各四），为祭四海、四渎神位。

天坛建筑群(《中国建筑艺术史》)

地坛庙会
（杜健摄）

方泽坛

地坛皇祇室展出的皇帝祭祀御椅

注：上图为方泽坛东侧。中部12尊石雕神位，加西侧的11尊，共23尊。南边的15尊为山岳神位。所祭"五岳"为东岳泰山、南岳衡山、西岳华山、北岳恒山、中岳嵩山；"五镇山"为东镇沂山、南镇会稽山、西镇吴山、北镇医巫闾山、中镇霍山；"五陵山"为清皇陵所倚的启运山、隆业山、昌瑞山、永宁山，以及汉武帝曾封为南岳的天柱山。北边的8座为海渎神位。所祭"四海"为东海、南海、西海、北海；"四渎"为长江、黄河、淮河、济水。

日坛月坛

朝日夕月坛，明建嘉靖年。
形制相对称，城外两门南。

坛园数百亩，一上四方坛。
四面棂星门，钟楼东西殿。

春分祭太阳，日坛大红面。
中外冶游人，纷来赏牡丹。

秋分祭月亮，白面改黄面。
桂香沁诗乐，仿祭随客演。

　　日坛亦称朝日坛，月坛亦称夕月坛，均建于明嘉靖九年（1530年）。清末日坛、月坛祭祀活动废弃。日坛经整修1969年开放为日坛公园。现紧临南使馆区。月坛1955年开放时规模很小，后经整修大部分建筑得以恢复。

　　诗的第一、二节写日、月两坛形制对称。"两门"分别是朝阳门和阜成门。第三节写日坛，因祭太阳，为大红坛面。第四节写月坛，因祭月亮，坛面原为白色，后改黄色（未修复）。而今日坛和月坛分别栽植牡丹和桂花。月坛曾面向游客表演皇帝祭月典礼。

日坛大门　　　　　　　　　　日坛神道

日坛祭日壁画

月坛大门　　　　　　　　　　月坛具服殿

先农坛先蚕坛

祭农先农坛，祭天天神坛，
祭地地祇坛，祭岁太岁殿。

具服亲耕作，一亩三分田。
坐台观臣勤，秋收神仓满。

西苑先蚕坛，桑林织茧馆。
几曾移改废，惜存外门院。

　　明永乐十八年（1420年），在对应天坛西侧建先农坛。先蚕坛原离紫禁城较远，皇后往祭不便。明嘉靖九年（1530年）在西苑北海岸边新建，后再南移。

　　诗的第一、第二节写先农坛有祭农、祭天、祭地、祭岁的坛殿。皇帝春祭亲耕，然后观群臣耕作，"一亩三分地"的俚语即从此出。坛内设有神仓，秋天收获的粮粟，存作来年的种子。第三节写位于北海的先蚕坛，现在只能看到大门和院子的围墙了。

北海公园内的先蚕坛大门

先农坛观耕台

先农坛祭祀"五岳""五镇山""五陵山"和"四海""四渎"的神位

孔 庙

三朝屡建茸，
四庙大居中。
师表大成殿，
丹陛大崇圣。
汲泉涌文思，
触柏识奸佞。
才俊遍碑林，
皇勋几碑亭。

北京孔庙始建于元大德六年（1302年），是元、明、清三代祭祀孔子的地方。诗的前两句写它的历史地位，与曲阜文庙、南京夫子庙、吉林孔庙并称中国四大文庙。第三、四两句写孔庙的大成殿和丹陛属于最高的尊崇。第五句写庙中的古井，清乾隆帝赐名"砚水湖"。相传进京科考的举子们祭孔后饮了井水，就会文思泉涌，考出好成绩。第六句所写"触奸柏"，是大成殿前一棵很大的柏树。相传明代奸相严嵩代嘉靖皇帝祭孔，行至树下被狂风摇动的枝杈掀掉了乌纱帽，几年后树干上长出一个树瘤，看似一只龙爪抓住了一颗人头。"触奸柏"之名由此而来。第七句写庙中的进士碑林对元、明、清三代进士的记载，共有碑198通，刻有51624人的姓名和籍贯。第八句写御制纪功碑，共有11座，记述清朝帝王的功绩。

孔庙大成殿及丹陛（杜殿文摄）

孔庙砚水湖

孔庙触奸柏

国子监

门立四牌中，
院与文庙通。
秉承教学职，
同行监学能。

辟雍接六堂，
读悟十三经。
彝伦藏书满，
祭酒敬一亭。

北京国子监始建于元大德十年（1306年），是元、明、清三代国家的最高学府和管理教育的最高行政机构。诗的第一节写国子监处在大街的四个牌楼中间，承担双重职能。第二节前两句写国子监的教室和"十三经"碑刻（共189通）。其中辟雍是为皇帝讲学专修。最后两句写彝伦堂是图书馆，敬一亭是祭酒办公的地方。祭酒是国子监的最高主官，相当于现在的大学校长和教育部长。

国子监牌楼

国子监孔子行教像和彝伦堂

国子监辟雍

乾隆皇帝讲学台位

"十三经"碑,即"乾隆石经"

　　注:"乾隆石经"所刻十三经为:《尚书》《周易》《诗经》《周礼》《仪礼》《礼记》《春秋左传》《春秋公羊传》《春秋谷梁传》《论语》《孝经》《孟子》《尔雅》。

63

历代帝王庙

景德崇圣殿，历代帝王龛。
一百八十八，中华统绪线。
贤相与良将，同祭左右边。
关帝庙中庙，无位政操坚。

历代帝王庙建成于明嘉靖十年（1531年），雍正七年（1729年）重修。原来主要祭祀历代开国皇帝和开国功臣。乾隆帝按照"中华统绪，绝不断线"的观点进行调整，共祭历代188位皇帝。东西配殿祭祀历代贤相名将。对关羽设庙专祭。诗的第一句写庙中的景德崇圣殿。最后一句写所祭皇帝中，没有包括秦始皇嬴政、魏武帝曹操、隋文帝杨坚。

历代帝王庙大门

景德崇圣殿

景德崇圣殿所祭三皇牌位

关帝庙

潭柘寺

西晋永嘉建，一千七百年。
大唐经兴排，后唐宗改禅。
金皇亲礼佛，元留拜女砖。
明僧仿建宫，清廷勤往还。

后倚宝珠峰，左右环龙山。
寺门盘松罩，塔林密柏掩。
三路拾级上，殿阁连堂坛。
灵鱼跃志高，巨锅蒸香远。

潭柘寺位于北京市区西南30公里处，总面积达121公顷，寺内面积2.5公顷。现有房舍943间，其中古建殿堂638间，是北京地区一处大型古建筑群。寺内遍布古树、名花、贵竹，有国家一、二级古树186棵。寺外有上下塔院，东西观音洞、龙潭等景点。

诗的第一节写潭柘寺的历史。为西晋永嘉元年（307年）所建，称嘉福寺。唐代经历了兴佛和排佛。五代后唐由华严宗改为禅宗。金熙宗完颜亶亲到寺内进香礼佛。元世祖忽必烈的女儿妙严公主为父赎罪在此出家，天天在观音殿跪拜诵经，竟将地砖磨出两个深窝。明初高僧姚广孝奉朱元璋之命随侍燕王朱棣，帮助朱棣夺取皇位后曾在此隐居修行。

潭柘寺全景（潭柘寺景区管理处提供）

明代设计修建紫禁城时模仿了寺内建筑。清代皇廷与潭柘寺来往密切。第二节写潭柘寺及前后景色，奇特的大锅和石鱼，为寺中两宝。

潭柘寺塔院（潭柘寺景区管理处提供）

67

潭柘寺大雄宝殿（苏杭摄）

潭柘寺的柘树

潭柘寺大锅

法源寺

大唐建悯忠，
清代定律宗。
中居大宝殿，
华严三圣供。
无垢净光塔，
震劫稀碑铭。
鉴真喜回访，
佛院诵经声。

　　法源寺始建于唐贞观十九年（645年），唐太宗为哀悼北征辽东的阵亡将士诏令建寺。至武则天万岁通天元年（696年）建成，赐名"悯忠寺"。后曾称顺天寺、崇福寺。清雍正十二年（1734年）定为律宗寺庙传授戒法，并改名为法源寺。诗的前两句即写这个过程。第三、四句写大雄宝殿供奉"华严三圣"，即毗卢遮那佛、文殊和普贤菩萨。第五、六句写寺中原有无垢净光塔，在大地震中倒塌。记述该塔的碑，是北京寺庙中唯一一座从左至右书写的古碑。最后两句写1980年日本国宝鉴真大师像回国巡展在这里供奉，佛学院师生诵经。位于此地的中国佛学院于1956年建立。1980年设立了中国佛教图书文物馆。

法源寺大雄宝殿

法源寺大殿内景

佛学院

碧云寺

元修碧云庵，
开山烟雨间。
明改碧云寺，
两监空圹连。
乾清建高塔，
美雕敬八贤。
国父衣冠冢，
纪堂存赠棺。

碧云寺为元至顺二年（1331年）所建，始称碧云庵。明代扩建后更名为碧云寺。大太监于经、魏忠贤曾先后在此挖建生圹（准备使用的墓穴），但二人都因获罪未能葬于此地。诗的前四句即写这段历史。第五、六句写清乾隆年间整修并建金刚宝座塔。寺门石雕照壁镌刻的八个历史人物浮雕，代表节的为蔺相如和谢玄，代表孝的为李密和狄仁杰，代表忠的为诸葛亮和文天祥，代表廉的为陶渊明和赵壁。最后两句写民国初期状况。1925年3月12日孙中山先生在北京逝世后，灵柩在此停祭4年，1929年移往南京安葬。在金刚宝座塔基座正中开券洞设孙中山衣冠冢。1954年把曾停放孙中山灵柩的大殿改为孙中山纪念堂，堂内停放苏联赠送的玻璃盖钢棺一口。

碧云寺山门

孙中山纪念堂

碧云寺金刚宝座塔（网购）

白塔寺

元初复佛塔，
宫西显至高。
再遵忽必烈，
弯弓扩大庙。
明改妙应寺，
清帝藏经宝。
新华多修葺，
祥云闻铃飘。

辽寿昌二年（1096年），在京城的北郊建成一座佛塔，后毁于战火。元至元十六年（1279年），重新建成喇嘛塔，迎请佛舍利藏入塔中。随后元世祖忽必烈又下令以塔为中心建造一座"大圣寿万安寺"，范围以从塔顶拉弓射箭的距离而定。寺院于1288年建成。1294年忽必烈去世，1295年在此举行国祭。1368年一场雷火烧毁寺内所有殿堂，唯有白塔幸免于难。明代维修白塔，并重

从山门看白塔

蓝天白云下的白塔寺

建寺庙，定名为妙应寺，俗称白塔寺。"文革"期间寺内喇嘛被遣散，寺庙改作他用。1978年加固白塔时发现清乾隆时存留在塔顶部鎏金小镜内的大藏经和佛像、袈裟等，包括乾隆手书《般若心经》。1998年经整修后开放。整首诗写该寺所经历程。

雍和宫

大宫成大庙，大庙尊大佛。
经碑四体书，相融共传佛。

雍和永佑殿，纵横三世佛。
法轮行法事，宗喀巴师佛。

九丈万福阁，迈达拉高佛。
日月环须弥，佛仓住活佛。

雍和宫初建时为清康熙帝赐给其四子胤禛的府邸，称雍亲王府。乾隆帝生于此地。雍正三年（1725年）改王府为行宫，称雍和宫。雍正帝驾崩后在此停放灵柩。乾隆九年（1744年）改为喇嘛庙，为清后期全国规格最高的一座佛教寺院。

诗的第一节后两句写宫中御碑上以满、汉、蒙、藏文镌刻了乾隆帝所撰写的《喇嘛说》，一些殿堂体现了藏传和汉传佛教的交融。后两节

雍和宫外景（杜殿文摄）

雍和宫大殿和须弥山

乾隆撰四体碑

万福阁的迈达拉佛像

都是写宫内的殿堂和尊奉佛像。法轮殿为做法事的地方。万福阁的白檀木雕迈达拉佛雕像高26米，其中地面之上18米。雍和宫大殿前的青铜"须弥山"，都是宫中瑰宝。佛仓为藏传佛教转世活佛来京的住所。

大钟寺

雍正建觉生，
乾隆移大钟。
沧桑吉正道，
铸史警世鸣。

清雍正十二年（1734年）建成该寺，赐名觉生寺，山门匾额为雍正帝所题。乾隆八年（1743年），将位于万寿寺的永乐大钟移到觉生寺，由此俗称大钟寺。大钟高6.75米，重46.5吨，通体褚黄。乾隆帝多次到觉生寺祈雨，并下诏将其作为京城祈雨场所之一。1985年在寺内设立古钟博物馆，现展示中外古钟铃400多件。后两句是铸钟记史、鸣钟警世之意。

大钟寺内的永乐大钟

大钟寺内的大钟楼

铸钟过程展品

古钟博物馆展室

白云观

大唐修大观，两焚复两建。
灵官护法神，邱祖七子间。
观主罗公塔，山海由八仙。
药王本修道，名师书宝卷。

三清倚四御，玉皇真武帝。
三官四雷将，三星合文昌。
元君与慈航，三神救苦神。
六十甲子神，皆为修道人。

　　白云观初建于唐开元二十六年（738年），名为天长观，为唐玄宗奉祀老子之圣地。金至清代几经整修扩建，其中两次为遭焚后恢复。金代改名为白云观。诗从第三句之后是写白云观供奉的尊神、道祖和宝物。其中，灵官指王灵官，邱祖指邱处机，八仙指钟离权、吕洞宾、张果老等八位道教仙人，药王指孙思邈，三清指玉清元始天尊、上清灵宝天尊、太清道德天尊，四御指玉皇大帝、天皇大帝、北极大帝和后土皇地祇神，三官指天、地、水三官，四雷指风、雨、雷、电四位雷部天将，三星指福、禄、寿三星，三神指文财神比干、武财神赵公明和关羽，元君指庇佑妇女生产和婴儿健康的四位娘娘，慈航天尊即佛教所称观音菩萨。六十甲子神指按六十干支组合的岁神。罗公塔下所葬罗真人，从江西来京在观中修道。相传他创造了理发工具，是这一行业的祖师爷。"名师书宝卷"指元代大书法家赵孟頫的《松雪道德经》石刻。

白云观山门

白云观邱祖殿

白云观元辰殿供奉的圆明道母天尊像　　白云观罗公塔

礼拜寺

大辽统和建，大元大城南。
牛街随族兴，清真居连片。

望月望麦加，对阳对虔面。
纪碑树方亭，筛海眠静院。

寻常逐来朝，涤虑礼拜前。
斋节行大仪，同声诵古兰。

　　牛街礼拜寺为北京最大规模的清真寺，始建于辽统和十四年（996年）。到元代处于元大都南城墙之外，明清时期几经扩建重修。这里逐渐形成了回族人口聚居的区域。诗的第一节即写它的历史。第二节写礼拜寺建筑格局，它以望月楼为寺门，坐东朝西，望向圣地麦加。礼拜大殿坐西朝东。院内还有南北礼堂和两个方形碑亭，这些都是中国古典宫殿与阿拉伯式清真寺相结合的建筑。寺的

牛街礼拜寺望月楼

牛街礼拜寺大殿

礼拜寺涤虑处

礼拜大殿内景

　　跨院有两座筛海坟，是元代初年由阿拉伯远道而来布教、逝世于该寺的
两位长老的墓。第三节写平时和斋节的朝拜，以及在做礼拜前都要在涤
虑处（水房）净身。

基督教

传京元明清，东西南北堂。
奇才利玛窦，监正汤若望。
民初新教起，将徒冯玉祥。
欣为科文使，憾留奴殖殇。

基督教从元代至明清在北京传播，在市区有东西南北教堂（东堂在王府井、南堂在宣武门、西堂在西直门内，北堂在西什库）。诗的前两句即写这个状况。第三、四句写对基督教在中国发展贡献最大的两个人。意大利传教士马泰奥·里奇，他是一个奇才，读书过目成诵，仅用一年时间就学会了汉语，利玛窦是他自己起的中文名字。他1583年进入中国，1601年来到北京，后在供职于翰林院的徐光启的帮助下创建了宣武门教堂。汤若望是德国人，受葡萄牙政府派遣到中国传教，1619年到达澳门，1623年来到北京。在明清交替之际，汤若望坚守保护宣武门教堂，并向清廷上书得到恩准。清廷任命他为钦天监监正（观象台台长）。第五、六句写在民国初年，新教传入中国。爱国将领冯玉祥因被传教士治好砍头疮而加入新教，并在他的部队中提倡信教。后两句写基督教传教士在中西方科技文化交流方面发挥了重要作用，但也帮助西方列强在中国推行殖民主义。

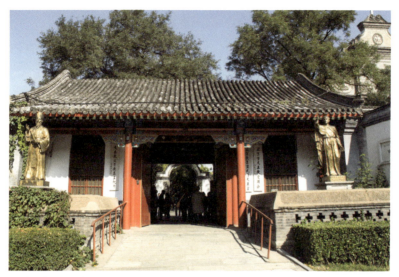

宣武门教堂（南堂）

王府井教堂（东堂）

清代城局

> 皇室居宫城，衙署围皇城。
> 皇族居内城，他族移外城。
>
> 王公卿将监，内城东北城。
> 黄白红蓝旗，北东西南城。
>
> 外城工商城，前外街巷城。
> 崇外粮贸城，宣外文宝城。

　　清代是满族政权，对城市功能和人口分布做了很大调整。诗的第一节写整座城市的布局，皇室在紫禁城，衙门机构集中在皇城，内城主要由满族居住，汉族、回族等居住外城。第二节写内城的布局，皇亲国戚、文武官员包括太监，大多居住在内城的东部和北部。正黄旗和镶黄旗居北城，正白旗和镶白旗居东城，正红旗和镶红旗居西城，正蓝旗和镶蓝旗居南城。第三节写外城集中了工商业。前门外是综合商市；崇文门外因离漕运较近，集中了粮市；宣武门外会馆较多，集中了书画、文房四宝和古玩市场。南部成为商市，不符合"面朝后市"的规制，这主要是元代从辽金城址向北迁移所造成的。明嘉靖年间扩建了南面的外城。以后再无力对东、西、北三面进行扩建。

清代居住示意图

前门大街（外二首）

前门愈繁茂，齐集老字号。
品完全聚德，制衣配鞋帽。
心怡大戏楼，顺得购茶药。
采宝珠市口，观艺到天桥。

　　前门大街，包括大栅栏地区的街市，著名商号有全聚德烤鸭店、瑞蚨祥绸布制衣店、同升和帽店、内联升鞋店、六必居酱菜、张一元茶庄、同仁堂药店、大观楼戏院、珠市口珠宝行等。

改造后的前门大街（苏杭摄）

前门地区大栅栏街内的大观楼、中国电影诞生地

同仁堂

乐氏久磨砺，
铃郎复太医。
街铺对广众，
同仁行善举。
雄鸡唱天白，
晶灯汇晨曦。
繁工制贵品，
世代相传继。

　　同仁堂是著名的中药老字号，由祖籍为浙江宁波的乐氏家族所创办。乐氏先辈在明初南京朝中做太医。明迁都北京后，前来先做游医。明崇祯末年，后世乐显扬进入太医院做"吏目"，清康熙年间晋为"登仕郎"。其三子乐凤仪先在崇文门外开了"万全堂"。其二子乐凤鸣考举未中，在前门外大栅栏开设"同仁堂"。此名系乐显扬1669年所书，取"养生济世、一视同仁"之意。同仁堂1723年开始为清廷供奉御药，历经八代皇帝188年。同仁堂历经乐氏家族13代传人，至乐松生执掌时，1954年实行了公私合营。乐松生曾任北京市副市长、全国政协委员。2010年组建为中国北京同仁堂（集团）有限责任公司。通过建立现代企业制度，应用新的科技，实现了长足发展。同仁堂一直秉持"炮制虽繁必不敢省人工，品味虽贵必不敢减物力"的古训，其产品以"配方独

前门大街大栅栏街内的同仁堂

东四北大街的同
仁堂门店

特、选料上乘、工艺精湛、疗效显著"而享誉海内外，已行销40多个国
家和地区。

诗的前四句写同仁堂建立的历程。五、六句写新中国成立时的转
变。最后两句写继承优良传统，发展优秀品牌。

全聚德

冀商得新店，更名祈福愿。
大炉浴香火，长钩挂美馔。

焦嫩枣红片，甜酱葱心蘸。
纸薄荷叶饼，短卷止长涎。

京华喻妙餐，紧享不遗憾。
全鸭供全席，国标作国宴。

　　全聚德烤鸭店始建于清同治三年（1864年），已有153年历史。创始人是河北冀县人杨全仁。他初到北京做生鸡鸭买卖，后购得一名为"德聚全"的干果铺子，改名"全聚德"，经营烤鸭。他高薪聘得一位厨师，以宫廷方法烤制鸭子，并扩大挂炉容量，店铺很快红火起来。全聚德烤鸭丰盈饱满、色鲜味美，赢得了"京师美馔，莫妙于鸭"的赞誉。全聚德1952年实行了公私合营。已故周恩来总理对"全聚德"有"全而无缺，聚而不散，仁德至上"的诠释，并以"全鸭席"招待外宾。经过改革发展，现在的中国全聚德集团公司，已经成为以经营北京烤鸭为龙头的综合餐饮企业，是"中国十大文化名牌"和"中国十大餐饮企业"之一。诗的第一节写全聚德的发展；第二节是对全聚德烤鸭"色、香、形"的描写；第三节写这家老字号的地位和作用。

前门大街的全聚德门店

全聚德使用果木（一般为枣木）烘烤的
大炉（侯年年摄）

烤制出炉的大鸭（侯年年摄）

琉璃厂

明朝嘉靖年，城扩瓦窑迁。
清成文华街，缘起居汉官。

荣斋四越宝，墨阁一得先。
内外楹联比，今古书香满。

　　琉璃厂大街处于北京西城区和平门以南。元代在这里开设官窑，烧制的琉璃瓦供修建宫殿衙府等用。明嘉靖年间（1522—1566年）扩建外城，官窑被迁至今门头沟区的琉璃渠村。清代实行按族别和等级分区居住，汉族居住外城，不少汉官在这里购置房产。来京赶考的举人们也大都住在这一带，因此这里就出现了许多出售书籍和笔墨纸砚的店铺，并有书画作品进行展示和交换。诗的第一节即写这个过程。第二节写琉璃厂的著名店铺和文化氛围。最有代表性的是荣宝斋，取名"以文会友，荣名为宝"之意，已有300多年历史。一得阁墨汁厂已有100多年历史，相传是一个屡试未中的举人以考场研墨的感受创立，并以其对联"一艺足供天下用，得法多自古人书"头两字取名。琉璃厂店铺门外和室内大都镌刻着精美的对联。早年还装裱名书画挂在窗户上，称作"赛窗帘"。原先专门收集销售古籍的中国书店，如今已是新古兼营了。琉璃厂分为东、西两条大街。近年来经过改造翻建，成为销售书籍、书画、文房四宝和古玩的古文化街，也是中外闻名的旅游景区。

琉璃厂西街街景

琉璃厂东街的一得阁门店

琉璃厂东街的中国书店

燕京八绝

先赏景泰蓝，再品两镶嵌，
惊叹三巧雕，寻绣踏锦毯。

窑坊制工繁，宫廷藏用满。
不问何由来，瑰丽四海传。

　　北京的传统工艺门类早有"四大名旦"之说，即牙雕、玉雕、雕漆和景泰蓝，后发展为"燕京八绝"。诗的第一节按景泰蓝、花丝镶嵌、金漆镶嵌、牙雕、玉雕、雕漆、京绣和宫毯的顺序来写。如按材质分，则为金属、玉牙、漆和毛丝四类。第二节写在封建时代，它们是民间能工巧匠繁制而成，但归皇族贵胄享用。这些工艺品在海外广为流传，深得赞誉。

牙雕 老北京（现代，杨士惠、杨士忠、张俊山设计）

漆雕 木胎山水人物首饰提匣（清代）

景泰蓝 红地福寿有余圆瓶（现代）

金漆镶嵌 雕填炝金麒麟送子圆盒
（现代）

玉雕 翡翠三秋瓶（现代，王坤
元设计）

京绣

宫毯

注：本首前5张图片由北京工艺美术博物馆提供，京绣和宫毯图片由收藏天下《艺术观
察》制片人崔狄提供。金丝镶嵌另见本书第130页。

京　剧

乾隆寿庆后，徽班齐进京。
生旦净丑角，唱念做打功。
五彩尽示面，七音满达情。
新伶彰老派，国艺著世名。

　　京剧是中国五大戏曲剧种之一，被称为国粹。其前身为徽剧。清乾隆五十五年（1790年），为庆贺皇帝80大寿，安庆的三庆班进京演出，接着四喜班、春台班、和春班陆续北上，即所谓的"四班进京"。他们与来自湖北的汉调艺人合作，并融合昆曲、秦腔和民间曲调及表演方法，最终形成京剧。京剧从清朝开始快速发展，民国时空前繁荣。2010年11月，京剧被列入"人类非物质文化遗产代表作名录"。诗的第三、四两句，写京剧的主要行当角色和表演基本功。

　　"五彩尽示面"，指演员的化妆，以及以脸谱的不同颜色表现不同的人物特性。"七音满达情"，指京剧演唱以传统民乐的工尺谱（相当于西方的七个音符）谱曲，充分抒发感情。

位于北京市珠市口西大街西段的京剧发祥地石碑

京剧人物（网购）

京剧场面（网购）

京剧脸谱（网购）

什刹海

上承高泉涌，下引大河腾。
相傍交龙脉，延展至边城。

春赏西湖景，夏沐秦淮风，
秋荡洞庭波，冬嬉镜泊冰。

前海采莲蓬，后海收乳萍。
西海垂钓钩，东归过银锭。

出府入名居，离岸到胡同。
迷眼不舍去，尽享老北京。

　　北京什刹海景区包括前海、后海、西海三个相连的水域，与北海、中海、南海"前三海"相对应，也称作"后三海"，是北京最完好的历史文化保护区和著名旅游风景区之一，总面积32.3公顷。这里在元代称为"积水潭"或"海子"。"什刹海"是明万历年间所建的一座寺庙。明清时期今前海、后海均称"什刹海"或"十刹海"（与周边寺庙较多有关），西海称"积水潭"。本书第32页民国初期地图上分别称为"什刹海前海"、"什刹海后海"和"积水潭"。前海亦曾称"荷塘"，周边有"荷花市场"。

　　诗的第一节从空间来写。"高泉"指白浮泉，"大河"指大运河。元初修建大都时，郭守敬规划了整个水系。在上游承接白浮泉，与永定河支流和玉泉山等泉水汇合，经现颐和园的昆明湖（原称瓮山泊），顺渠流入城中水域，并从今前海东侧下延接通大运河。这一水系作为京城的水龙之脉，到前海与作为土龙之脉的中轴线相交，其东北方向就是中轴线北端的鼓楼和钟楼。前海的南部边沿为明清皇城北墙的外侧，西海的北部边沿为内城北墙的内侧。第二节从时间来写。沿《帝京景物略》中"月在雪，雪在冰。西湖春，秦淮夏，洞庭秋，东南人自谢未曾有也"之句，写了四季景色。第三节写水面，前海的荷花、后海的浮萍和西海垂钓。明代所建银锭桥是前海与后海的分界线，"银锭观山"为"西涯八景"之一。第四节写周边的名胜古迹和胡同。后海南岸的恭王府规模很大，郭沫若故居所在的地方曾为该府的马号，北岸的宋庆龄故居原是醇王府的花园，不远处的梅兰芳故居原是庆王府的一部分。

什刹海前海

什刹海银锭桥

大运河的源头白浮泉遗址

什刹海后海

胡 同

京城老胡同，街巷条口井。
东西南北连，前后左右通。
宽窄本无致，大小排门楹。
居市混所便，间闻叫卖声。

北京的胡同街巷到清末有2077条，20世纪40年代达3200多条。诗中"街巷条口井"是写胡同的常用名称，此外还有很多叫法。"居市混所便"，是指居所和商铺根据实际需要配置。很多胡同是以商品命名。

景山东侧的吉安所左巷，小门为毛泽东同志1918年在北京大学工作时与朋友租住的房院（现仍为民宅）

什刹海东岸的烟袋斜街

雨儿胡同，2014年2月25日，习近平总书记曾到雨儿胡同29号、30号（图中两侧院门）视察，说对这一片的胡同很熟悉，是回来看看老街坊

秋天的胡同（网购）

南锣鼓巷

本无锣鼓奏，但溢雅韵香。
东来过戏院，西往入画舫。
千里慕大名，万人游小巷。
导流求良秩，疏风护美装。

南锣鼓巷位于北京中轴线以东，在地安门东大街北侧（宽街附近），鼓楼东大街南侧，是一条南北走向的胡同，全长787米、宽8米。始建于元代，已有740多年历史。因其中间高、两头低的地势，早先称"南罗锅巷"，清代改为"南锣鼓巷"。两侧连接着多条胡同，有不少王府遗址和名人故居。靠北部东侧的东棉花胡同，有中央戏剧学院；西侧的雨儿胡同，有齐白石旧居。

诗的前四句写它的文化气息和周边氛围。后四句写它的名气、压力和亟待解决的问题。在发展特色旅游的过程中，南锣

南锣鼓巷牌楼

鼓巷被打造成一条以四合院为主的古色古香的酒吧街。美国《时代》周刊把它列为"亚洲25处你不得不去的好玩儿的地儿"。近年来游客增长太快，小巷不堪重负。从2016年4月25日起，南锣鼓巷暂停接待旅游团队，进行整体改造，改善街面容貌，减少门店数量，突出文化特色。

南锣鼓巷（网购）

位于雨儿胡同的齐白石旧居

位于东棉花胡同的中央戏剧学院

四合院

正房带耳房，东西两厢房，
外院倒座房，三进后罩房。

大门处巽位，如意毗广亮。
门当恰户对，影壁大福镶。

二门雕垂花，左右通连廊。
院植花藤树，和风沁芬芳。

北京四合院体现了中国北方特色建筑风格，蕴含一定时期的居住文化。诗写一般四合院的规制。第一节写四合院的房屋。四合院主要是指四面都有房子，有的在正房后面还有后罩房。第二节写四合院的大门，朝阳的大门应在东南角。第三节写二门、房廊和院子。

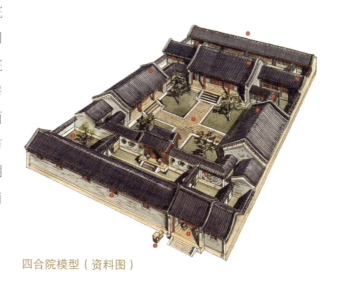

四合院模型（资料图）

四合院俯瞰（网购）

金柱大门

广亮大门

如意大门

垂花门（网购）

恭王府

龙脉两水边，豪宅住大贪。
罪没用高赏，亲王迭居欢。

三路三进院，美致殿堂轩。
主门五阔中，罩楼一横连。

萃锦朗润园，假以山水间。
御福空掩悲，楠楼实招难。

  恭王府是清代规模最大的一座王府。它位于什刹海前海的西侧和后海的南侧，按风水讲是在龙脉之上。这里最早是一座很大的寺庙，荒废后为明朝廷的供应厂。清代先为内务府的普通旗人居住，乾隆四十一年（1776年），总管内务府大臣钮祜禄·和珅看中此地，高价购买后营建宅邸。嘉庆四年（1799年）和珅被治罪赐死，此宅邸没收为朝廷官产后，嘉庆皇帝赐予其最小的弟弟庆郡王永璘。其中一部分仍由嫁给和珅之子的乾隆帝最小的女儿和孝公主居住。后来，帮助慈禧太后政变的恭亲王奕䜣成为这座宅子的主人，故称为恭王府。

  诗的第一节写王府的位置和历史。第二节写府院的格局。由三个三进院落组成，中间大门为五开间，主要建筑有银安殿、嘉乐堂、多福轩等，后罩房为连通三个院子的二层楼房。第三节写后花园。"御福空掩悲"指和珅把康熙帝为其祖母孝庄皇后祝寿所写的"福"字刻于碑上，隐在假山下的密云洞中。"楠楼实招难"是写锡晋斋的楠木隔断仿紫禁

107

恭王府全景模型（网购）

恭王府殿堂（廖晓淇摄）

恭王府后花园蝠厅（网购）

城宁寿宫式样，作为和珅被赐死二十大罪状中的第十三条。这两句借用"碑"与"悲"、"楠"与"难"的谐音，喻恭王府是一个"苦命宅院"，命运多舛。

108

香 山

香炉筑峰巅，碧空升紫烟。
形胜对京城，万寿接玉泉。

四朝御林园，两遭贼踏残。
山色盗不去，佳景逐还原。

春暖沁芬芳，夏暑高荫爽。
秋明栌叶红，冬寒霁雪光。

亭碑立石上，古今诗名榜。
大帝书娑罗，伟人论沧桑。

　　老北京西北郊的皇家园林称"三山五园"。"三山"指香山、玉泉山和万寿山，"五园"指香山静宜园、玉泉山静明园、颐和园（包含万寿山）、圆明园和畅春园。"三山五园"均遭英法联军和八国联军毁掠，其中圆明园和畅春园未再修复。畅春园的位置为今北京大学宿舍区。

　　香山因其主峰玉峰山顶部（鬼见愁）有两块巨石形似香炉而得名。该景区始建于金大定二十六年（1186年）。元、明、清时期一直是皇家的离宫别苑。清乾隆十年（1745年）扩建后赐名静宜园。1860年、1900年先后遭英法联军、八国联军焚毁劫掠。现在的香山公园占地约160万平方米（2400亩）。香山海拔高度为575米。

诗的第一节写香山顶端的景致。第二节写香山经历了金、元、明、清四朝营建，两次被侵略者破坏，近年来逐步修复。第三节写香山四季景色。"秋明栌叶红"指深秋黄栌变色，漫山红遍，游客纷纷前来观赏；"冬寒霁雪光"指"燕京八景"之一的"西山晴雪"，曾称为"西山霁雪"。第四节写镌刻在亭碑和山石上的题名及诗文。"大帝书娑罗"指山门石碑用汉、满、蒙、藏四种文字所刻的乾隆皇帝御书《娑罗树歌》。"伟人论沧桑"指毛泽东主席在双清别墅所作《人民解放军占领南京》，该诗最后两句为"天若有情天亦老，人间正道是沧桑"。

香山（网购）

香山公园大门，铜狮右爪下的绣球已被侵略者掠走

"燕京八景"之一的"西山晴雪"（张磊摄）

香炉峰

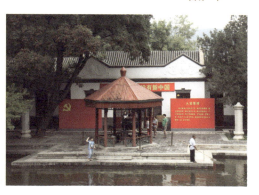

双清别墅

玉泉山

万古有神传，千人闭海眼。
倾釜成玉峰，委水突清泉。
美景造不尽，华藏连华严。
宝塔挥霞光，静园书新篇。

　　玉泉山静明园在辽金时期就是帝王避暑行宫，元代建有昭化寺，明代建有华严寺，清代增建了"康熙十六景""乾隆十六景"。原"玉泉垂虹"，在乾隆年间改为"玉泉趵突"，为"燕京八景"之

玉泉山全景（网购）

一。英法联军和八国联军入侵时遭到严重破坏，存有华藏寺、华严洞等，近年来一些景观得到修复。

诗的前四句是写一个神话，说很早的时候这里是一片沼泽，官员带百姓填土造田，但有一个被称为海眼的水柱，总是难以闭住。后来鲁班师傅显圣，用一千个小伙子、一千口锅，先堆山再炼铁水封堵，最终形成山峰和宝塔。因被挤压的水从一个缺口喷出清泉，人们就把造出的山叫作玉泉山。山下成为一片清泉灌溉的水稻田，种出了有名的"京西稻米"。第五、六句写不同年代都在增加玉泉山的景观。后两句写玉泉山现在是一个很安静的地方，党和国家的重要会议在此筹备，重要文件在此起草，指引社会发展。

"燕京八景"之一的"玉泉趵突"

玉泉山五塔中位于山顶最高的"玉峰塔"和位于裂泉湖中最矮的"镇海塔"

颐和园

清漪颐和园，瓮山万寿山，
西湖昆明湖，孝建毁复建。

排云德辉殿，佛香智海巅。
长廊万景荟，高坡一路宽。

碧湖何其大，鱼翔倒影间。
堤柳摇桃秀，玉桥神岛连。

仁寿通乐寿，宜芸伴玉澜。
谐趣画中游，石舫听鹂馆。

北宫翠荫蔽，苏街绕河繁。
崎岖上日台，游者尽登攀。

颐和园主要由万寿山和昆明湖组成，占地面积约290多万平方米（约4350亩），水面约占四分之三。该园在金代为"西山八院"之一的"金水院"，明代称"好山园"。清乾隆十五年（1750年）为筹备庆祝崇庆皇太后60大寿大规模扩建，称为清漪园，并把原瓮山改名为万寿山、西湖改名为昆明湖。1860年遭到英法联军严重毁坏。1886年慈禧太后挪用3000多万银两的海军军费修复完成，两年后改名为颐和园。1900年又遭

颐和园（黄文平摄）

八国联军破坏，1902年再度重修。

　　诗的第一节写该地园、山、湖名称的变化，以及乾隆帝为孝敬其母崇庆皇太后改建，被侵略者破坏后恢复重建。第二节写万寿山前的景观，包括排云殿、德辉殿、佛香阁，最高处是智慧海。彩绘游廊长728米，共有14000余幅图画，其中人物画取材于历代名著。第三节写昆明湖。其中"玉桥神岛连"指六座桥把湖中三岛及堤岸连接起来。三岛象征传说中的蓬莱、方丈、瀛洲三座神山。第四节写清廷在园内处理朝政和生活起居的其他建筑，包括仁寿殿、乐寿堂、宜芸馆、玉澜堂、谐趣园、画中游、听鹂馆等。第五节写后山景况，日台处在山的顶部。

颐和园
大戏楼

1908年清廷使用的电话专
线话机

颐和园万寿山前的长廊
（萧默摄）

颐和园后山的苏
州街（萧默摄）

圆明园

大清园环园，赐园扩大园。
围合长春园，拓建万春园。
南北风情园，中西合璧园。
万景园中园，诗赞典范园。
两盗强掠园，纵火尽焚园。
圆园遭破园，明园变暗园。
八国再劫园，官匪重拆园。
德园成罪园，复园昭耻园。

　　圆明园为清代所建，有记载包括五园，即圆明园、熙春园、春熙院和长春园、万春园（原称绮春园）。初时的圆明园占地20多万平方米（约300亩）。清康熙帝将其赐给雍亲王胤禛。胤禛就是在这里让其子弘历见其爷爷康熙皇帝，弘历被康熙看中后培养，成为后来的乾隆皇帝。该园雍正、乾隆、嘉庆年间都进行过大规模扩建。在后续长春园、万春园建成后，占地面积约350万平方米以上（5200多亩）。圆明园集中华园林建设之大成，并借鉴欧洲建筑风格，堪称"万园之园"。被英法联军和八国联军焚烧殆尽的圆明园，现在是爱国主义教育基地和休闲旅游公园。

　　整首诗写圆明园的建设过程、宏大规模、美丽景色及悲惨遭遇。其中第七至第十句是指法国作家雨果对圆明园的赞扬以及他对英法联军的鞭挞，称它们为"两个强盗"。第十四句是指在八国联军劫掠后，官府把圆明园的建筑拆移别处，盗贼也来偷窃。第十五句中的"德园"二字，是指圆明园的名称是康熙帝所赐，雍正帝解释其含义是对个人品德的要求。

圆明园西洋楼遗址中的大水法残迹

圆明园展览馆及仿制的十二兽首

燕京八景

琼岛春阴满，太液秋风涟。
卢沟晓月朗，金台夕照残。
西山晴雪美，玉泉趵突远。
蓟门烟树密，居庸叠翠关。

"燕京八景"得名于金明昌年间（1190—1195年）。清乾隆十六年（1751年）经过梳理，御定"燕京八景"为：琼岛春阴、太液秋风、卢沟晓月、金台夕照、西山晴雪、玉泉趵突、蓟门烟树、居庸叠翠。乾隆皇帝为每一景观题名并赋诗，镌刻在各处所立的景碑上。

作者曾写一首七言诗："琼岛春阴春满园，太液秋风秋水涟。卢沟晓月月愈朗，金台夕照照不见。西山晴雪雪色美，玉泉趵突突远泉。蓟门烟树烟何去，居庸叠翠叠锁关。"为合本书体例，改为五言。原诗中

位于北海公园的"琼岛春阴"碑

"玉泉趵突突远泉"指北京的水源缺乏，依靠南水北调解决。"蓟门烟树烟何去"指如何解决大气污染问题。"居庸叠翠叠锁关"指建设绿色北京。

位于中海之上的"太液秋风"碑亭
（资料图）

位于卢沟桥的"卢沟晓月"碑
（资料图）

位于东三环内侧的"金台夕照"
碑，为该地建筑之地掘出

位于学院路的"蓟门烟树"碑
（王维清摄）

位于居庸关长城边、溥杰题名的
"居庸叠翠"碑（王维清摄）

注："燕京八景"另外两处，分别见本书第111页和第113页。

卢沟桥

五桥跨永定，广利千年行。
远足踏石陷，今轮滚铁升。
狮排听风过，碑树报月明。
义师纵横处，抗倭留威名。

　　早在战国时期，卢沟河浮桥就是燕蓟交通要道。金大定二十八年（1188年）决定改建石桥，金明昌三年（1192年）建成。明正统九年（1444年）曾重修。因被洪水冲毁，康熙三十七年（1698年）再修。1908年为光绪帝灵柩通过拆除石栏添搭木桥，用后复原。

　　诗的第一句中"五桥"，是指现在有五座桥梁跨越永定河（永定河在这一段被称为卢沟河）。第二句以初建"广利桥"之名，引申利国利民之用。第三、四句指经过很多年的人马车辆过往，桥面大石被磨得凹凸不平，如今高速铁路悬空而过。第五、六句是指卢沟桥的狮子和刻有乾隆帝题名的"卢沟晓月"碑记载了世事变迁。据记载石狮原有627个，现存501个。第七、八两句指1937年"七七事变"，中国军队与日本侵略军在卢沟桥激战。1987年7月7日，中国人民抗日战争纪念馆建成开馆。

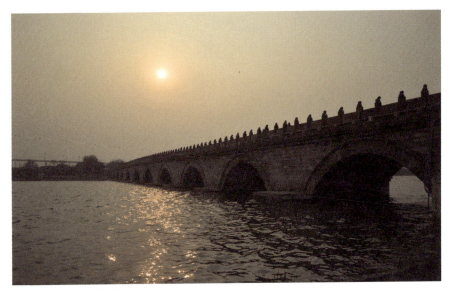

卢沟落阳（王利舒摄）

卢沟桥上的石狮（杨智刚摄）

凹凸不平的卢沟桥地面
（网购）

避暑山庄（外一首）

大园四其一，大建三其一。
三十六四题，三十六三题。

澹泊敬诚朝，烟波致爽居。
赐侧培一君，惊霾泯两帝。

御幄蒙古包，东傍丛林密。
清风掠茵草，西驰马蹄疾。

塞湖浦银镜，美洲嵌如意。
近听细雨骚，远望磬锤立。

　　承德避暑山庄，又名承德离宫或热河行宫，是在京城以外的最大皇家园林，清帝每年约有半年时间在这里居住避暑，处理朝政，其功用是紫禁城的延伸。避暑山庄从康熙四十二年（1703年）开始兴建，经雍正年间（1723—1735年），至乾隆五十七年（1792年）全部建成，历时89年。山庄分宫殿区、湖泊区、平原区、山峦区四个部分。

　　诗的第一节写避暑山庄与北京颐和园及苏州的拙政园、留园，并称四大名园；与北京故宫、曲阜孔府并称三大古建群。避暑山庄有清代两个皇帝各题名的三十六景，康熙帝所题都是四个字，乾隆帝所题都是三个字。第二节写避暑山庄的宫殿区。澹泊敬诚殿和烟波致爽殿分别是皇帝临朝和寝居之地。"赐侧培一君"指康熙帝发现弘历十分聪敏，携来山庄赐居侧堂万壑松风殿，随其左右精心培养。弘历继位成为乾隆帝后，将此殿题名为"纪恩堂"。"惊噩泯两帝"指1820年嘉庆皇帝突然病逝于避暑山庄；1860年英法联军攻占京城，咸丰皇帝带着一批大臣逃到山庄，翌年在此病逝。第三节写山庄平原区东西两边的景况，万树园、蒙古包、试马埭等。第四节写湖区的如意洲、烟雨楼和对面的磬锤峰。

避暑山庄大门（资料图）

避暑山庄的湖光山色和殿堂楼宇（王维清摄）

从避暑山庄眺望磬锤峰（王维清摄）

外八庙

宏伟寺庙群，山庄绕环星。
布达拉宫样，扎什伦布形。
五台仿殊像，伊犁复金顶。
康雍乾济柔，汉蒙藏相融。

外八庙是承德避暑山庄东部八座藏传佛教寺庙的总称，从康熙五十二年（1713年）至乾隆四十五年（1780年）陆续建成。当时清廷理藩院直属管辖40座寺庙，其中京城32座，承德8座。因承德地处北京和长城以外，故称外八庙。实际上承德避暑山庄及周边区域最多时共有43座寺庙。东部的12座归属朝廷，其中山庄内3座未设喇嘛，由内务府管理；另外9座由朝廷派驻喇嘛，因有1座作为附属，故有8个管理机构，由理藩院直接发放饷银。清廷修建这些寺庙是实行怀柔政策、巩固民族统一的需要，用作前来谒见皇帝的上层政教人物瞻礼、膜拜等佛事活动的场所。外八庙为溥仁寺、溥善寺（已失存）、普宁寺（并属普佑寺）、安远庙（仿伊犁固尔扎寺即金顶寺）、普陀宗乘之庙（仿西藏布达拉宫）、殊像寺（仿山西五台山）、须弥福寿之庙（仿日喀则扎什伦布寺）、广缘寺。承德寺庙在外敌入侵时受到破坏。近年来进行了大规模的复建和修缮。

　　诗的前两句是写外八庙环绕避暑山庄而建，如众星拱月。第三至第六句写四座寺庙为仿建而成。后两句写康乾盛世对少数民族的怀柔政策促进了民族融合。

承德外八庙（王维清摄）

万里长城

燕修南北城，秦连万里城。
大明防元返，紧卫重固城。

宏伟八达岭，巅峦蟠长龙。
雄壮居庸关，内外造胜景。

名相张居正，古北完破境。
金山敌楼密，镇边戚总兵。

大榛慕田峪，蜿蜒筑险城。
满弓箭扣鏊，鹰飞倒仰峰。

春秋战国时期，燕国建有南北长城。秦统一后，把秦、赵长城和燕国所修北长城连接起来，夷毁了燕国沿易水所修的南长城。至公元446年，北魏和其后的东魏、北齐都曾修建和加固长城。明朝初年，朱元璋即命徐达将军修筑长城。明朝历代皇帝都把修筑长城作为重要的边防要务。隆庆、万历时期（1567—1619年），谭伦、戚继光镇守边关，亲自督修长城。明代形成了自山海关至嘉峪关6700公里的长城，基本沿以往长城的线路，但都进行了重修和加固。

诗的第一节写万里长城修建的历史。第二节写今供游人参观的八达岭长城。这段长城为明弘治年间（1488—1505年）所建，嘉靖至万历年

居庸关长城（王维清摄）

金山岭长城（黄文平摄）

间（1522—1619年）进行了修葺。第三节写金山岭、司马台长城，均为明朝初年所建，司马台长城被史学家称为"中国长城之最"。第四节写大榛峪和慕田峪长城。箭扣长城和鹰飞倒仰峰都是极其险要的城段。

明皇陵

明历十六帝，三地十五陵。
两帝都南京，一终一无踪。
太祖葬孝陵，太宗惨无陵。
京郊十三陵，成祖开长陵。
仁宣英宪宗，献景裕茂陵。
孝武世穆宗，泰康永昭陵。
神光熹思宗，定庆德思陵。
七帝追代宗，玉泉景泰陵。

　　明朝的十六个皇帝，十三个皇帝葬于今北京昌平区明十三陵。另三个皇帝，明太祖朱元璋的陵墓在南京；明惠帝朱允炆在"靖难之役"中失踪；明代宗朱祁钰因被废除帝号（后追认）葬于玉泉山。

　　诗的第七、八句写十三陵第一陵是实现迁都北京的明成祖朱棣的长陵。第九至第十四句是另外十二个皇帝，前句庙号与后句陵名相对应：仁宗为献陵，宣宗为景陵，英宗为裕陵，宪宗为茂陵，孝宗为泰陵，武宗为康陵，世宗为永陵，穆宗为昭陵，神宗为定陵，光宗为庆陵，熹宗为德陵，思宗为思陵。

　　最后两句写景泰陵。正统帝（英宗）朱祁镇在与蒙古瓦剌的土木堡战役中被俘，其异母弟朱祁钰即位为景泰帝撑掌危局，在兵部尚书于谦的支持下战胜瓦剌。不久朱祁镇被放回后遭软禁。他寻机夺回皇位后，

明十三陵中长陵鸟瞰（高宏摄）

金丝镶嵌　仿制定
陵出土皇冠和凤
冠（北京工艺美术
博物馆提供）

废景泰帝为郕亲王。朱祁钰死后被葬于玉泉山。明英宗死后，其子朱见
深继位，恢复了朱祁钰的帝号，并改王陵为帝陵。此外，在湖北钟祥市
有明世宗朱厚熜为其父朱祐杬建造的显陵。因其父并未做过皇帝，迁入
北京皇陵的旨意遭朝臣反对而作罢。

清皇陵

横岗建永陵，远祖四坟茔。
盛京东北方，开国两帝陵。
太祖尊福陵，太宗建昭陵。
入关历十帝，东西五陵平。
世祖东孝陵，圣祖东景陵。
高文穆三宗，裕定惠东陵。
世仁宣德宗，泰昌慕崇陵。
末帝无庙号，捐墓入西陵。

　　清皇室建有十三座陵墓，包括关外三陵和入关当政时在河北遵化东陵、易县西陵所建的九座陵墓，以及后来为末代皇帝溥仪在西陵建的墓。诗的第一、二句写在赫图阿拉（横岗）为肇、兴、景、显四祖所建的永陵。第三句至第六句写盛京（今沈阳）城东太祖努尔哈赤的福陵、城北太宗皇太极的昭陵。第七句以后写入关后十个皇帝的陵墓，清东陵和西陵各有五座。清东陵有世祖（顺治）、圣祖（康熙）、高宗（乾隆）、文宗（咸丰）、穆宗（同治）五帝；清西陵有世宗（雍正）、仁宗（嘉庆）、宣宗（道光）、德宗（光绪）四帝。末帝（宣统）溥仪的骨灰原存放在北京八宝山公墓，1995年由近清西陵的皇家华龙陵园捐助，在其园内修建了溥仪墓，距崇陵约300米。

清东陵从大红门南望石牌坊及金星山
（萧默摄）

清东陵孝陵前
（萧默摄）

清西陵泰陵入口处的石牌坊群（萧默摄）

新貌篇

本篇六十一首，写当今北京城市面貌、建设成就和发展前景。先按全国的政治中心、文化中心、国际交往中心和科技创新中心的战略定位来写，再辅以其他方面内容，包括正在解决的问题。最后以京津冀协同发展结尾。

中南海新华门

中南海

五星旗高扬，十柱门辉煌。
宗誓铭一壁，宏宣展两厢。
雄狮左右立，雅围东西长。
满园绿木盛，清风畅花香。

蓝海衬脑海，瀛台瀛心强。
丰泽丰四面，怀仁怀八方。
勤政灯火明，金阁升紫光。
鼓号遍神州，坚核大举纲。

中南海瀛台外景（廖晓淇摄）

中海的历史与北海一样。明初修建紫禁城时，在元大都皇宫位置向东南推移，为使西苑南部与紫禁城对称，南扩开挖了南海。中海区域有蕉园、万善殿、紫光阁、水云榭等。南海中心位置就是著名的瀛台，由石拱长桥与岸边相连。瀛台有翔鸾阁、涵元殿、庆云殿、景星殿和藻韵楼、绮思楼等。瀛台以北是丰泽园。南海区域还有勤政殿、千尺雪、怀仁堂等建筑。

中华人民共和国成立后，中南海作为中共中央、国务院办公地，先后进行了一些改建。丰泽园的菊香书屋，曾为毛泽东主席的办公地和住所。诗的第一节中"宗誓铭一壁，宏宣展两厢"，是指新华门影壁墙所镶"为人民服务"的根本宗旨，以及大门外八字墙上的标语。第二节开头两句喻中南海是国家的大脑和心脏。最后一句的含义是坚强的领导核心。

中南海怀仁堂（资料图）

中南海紫光阁（资料图）

天安门（黄文平摄）

天安门广场

大街大广场，大安大正阳。
大会大宏堂，大馆大博藏。
大碑大功榜，大纪大四方。
大旗大高扬，大梦大国强。

天安门广场南北长880米，东西宽500米，面积为44万平方米。广场共有六座大型建筑。除天安门、正阳门外，人民英雄纪念碑、人民大会堂、中国国家博物馆、毛主席纪念堂为新中国成立以来相继建成。它们的高度由高到低依次为人民大会堂、国家博物馆、正阳门、人民英雄纪念碑、天安门、毛主席纪念堂。现在的天安门系1970年拆除重建的，高度为34.7米，比原来加高了0.83米。1984年又进行过修葺。正阳门也进行过整修。人民英雄纪念碑1949年9月30日奠基，1952年8月1日开工，1958年4月22日建成。纪念碑建在北距天安门463米、南距正阳门440米的中轴线上。人民大会堂和国家博物馆都是1958年10月动工、1959年9月建成。毛主席纪念堂1976年11月24日动工，1977年5月24日建成。人民大会堂、人民英雄纪念碑、国家博物馆属向国庆10周年献礼的首都十大建筑之列。

整首诗以一个"大"字写天安门广场，表达对伟大祖国的赞颂。

天安门广场全景（网购）

中国国家博物馆（黄文平摄）

人民英雄纪念碑（黄文平摄）

毛主席纪念堂（黄文平摄）

139

大阅兵

礼炮震寰宇，
丰碑擎国旗。
领袖呼必胜，
巨拳崇和举。
雄师扬国威，
神器锁无敌。
长空舞彩练，
鸽翔腾龙起。

　　诗写2015年9月3日"中国人民抗日战争暨世界反法西斯战争胜利70周年纪念大会"和阅兵式。作者当天所作七言诗为："礼炮轰鸣震寰宇，丰碑高擎大国旗。领袖铿锵呼必胜，巨拳劲向崇和举。千阵雄师扬国威，百般神器锁无敌。万里长空舞彩练，鸽翔有伴腾龙起。"收入本册，改为五言。从头至尾按大会的顺序来写。"领袖呼必胜"指习近平主席发表讲话最后高呼："正义必胜，和平必胜，人民必胜！""翔鸽腾龙起"指大会结束时放飞和平鸽和气球，七万个彩色气球构成一条腾飞的巨龙，寓意中华民族和平崛起。

2015年大阅兵受检部队（黄文平摄）

2015年大阅兵受检武器装备（资料图）

2015年大阅兵受检空军飞行表演（黄文平摄）

2015年大阅兵结束时放飞和平鸽与气球的情景，形如升腾的巨龙

长安街

贯穿东西城，
交叉子午线。
一里扩十里，
十里百里延。
古门古牌移，
路坚路展宽。
中华第一街，
跨越六百年。

长安街为明初修建紫禁城和皇城时形成，原在天安门前，从长安左门到长安右门，全长370米。以后陆续向东单、西单和建国门、复兴门延伸，现已堪称"百里长街"。诗的第五句"古门古牌移"，是指为打通和扩宽长安街，拆除了长安左门、长安右门，以及东单、西单的两座牌楼。

东长安街（黄文平摄）

西长安街延长线上的复兴门

人民大会堂

巍峨大会堂，
高台迎朝阳。
万众议国事，
民权至无上。
中华依偎紧，
厅廊环四方。
常有嘉宾来，
炮乐接仪仗。

人民大会堂是天安门广场最高的建筑，寓意人民的地位至高无上。万人大礼堂位于大会堂的中心，周围是以各省、自治区、直辖市、特别行政区等命名的会议厅，包括香港厅、澳门厅和台湾厅。全国人大常委会在南侧办公。人民大会堂还是党和国家领导人会见外宾的场所。整首诗写人民大会堂的雄伟壮观和所承载的特殊功能。

人民大会堂（黄文平摄）

万人大礼堂（网购）

政协礼堂

建国始明纲，
统战一法宝。
政体向共和，
大堂行建早。
厦顶旗高扬，
门头徽灿耀。
议事畅民主，
相协通大道。

诗的前两句是指1949年9月21日至30日，中国人民政治协商会议第一次全体会议召开，通过了具有临时宪法作用的《中国人民政治协商会议共同纲领》，宣告中华人民共和国成立。统一战线是中国革命的一大法宝，政协承担着这项任务。接着写政协礼堂在人民大会堂兴建之前，于1956年建成。此处除全国政协使用外，还曾召开其他重要会议。礼堂的顶部飘扬着中华人民共和国国旗，门楣处悬挂着政协会徽。政协礼堂后面是全国政协常委会的办公地。

政协礼堂

全国政协常委会办公地

中纪委

碧瓦亮门仪，青石壮楼体。
紧邻官园桥，通向平安里。

远征责担重，严治纪挺举。
高身长行健，自强防与医。

中国共产党中央纪律检查委员会领导全党的纪检监察工作，围绕保持党的先进性和纯洁性，加强反腐倡廉建设。其主办公地位于北京市西城区平安里西大街，旁边是西二环路的官园桥。诗写从严治党、反腐倡廉、惩防并举。下方大楼顶部警示灯亮红的构图，寓意把纪律挺在前面。

中纪委办公楼

最高法院

巨徽悬高庭，
两翼垂天平。
交接正义路，
法威护国兴。

最高人民法院位于北京市东城区东交民巷与正义路交会处。办公大楼中央悬挂着巨大的国徽。"两翼"指主楼两边伸展的楼体。诗写依法治国、公平正义。

最高人民法院办公楼（本单位提供）

最高检察院

大门似大关，
高检行高严。
雄狮立雄势，
镇石强镇磐。

最高人民检察院位于北京市东城区北河沿大街。诗写最高检大门，喻其工作态势。

最高人民检察院大门（本单位提供）

八一大楼（外一首）

巍屹昆泰峰，
檐脊盘金城。
浑然炉熔色，
国强赖军雄。

军事博物馆

凌风亮高戟，
挺耀红五星。
军博展军史，
军史彪军功。

　　"八一大楼"于1999年建成，位于西长安街延长线上，是中央军委办公地。诗的第一、二句写楼体象征昆仑和泰山巍然屹立，屋檐象征盘绕的长城。第三句以楼体颜色引申人民军队是个大熔炉。第四句写国家兴旺，有赖于强大的军事力量。

　　与"八一大楼"相邻的中国人民革命军事博物馆于1959年建成，是向国庆10周年献礼的首都十大建筑之一。

八一大楼（黄文平摄）

军事博物馆（网购）

工青妇

西街全工总，挺拔力无穷。
东街大妇联，舒展圆润形。
前街共青团，生机绿茵中。
三会融接紧，追梦向复兴。

中华全国总工会位于北京西长安街延长线的复兴门外大街，全国妇联位于东长安街延长线的建国门内大街，共青团中央位于前门东大街。诗喻三会特征及其紧密关系。

中华全国总工会大门　　　　　　中华全国总工会办公楼

中华全国妇女联合会办公楼

共青团中央办公楼

人民日报

党报处高台，
深院大情怀。
华章遍九州，
声浪传四海。

《人民日报》是中国共产党中
央委员会的机关报，于1948年创刊，
1992年被联合国教科文组织评为世界
十大报纸之一。社址位于北京朝阳区
金台路，占地约270多万平方米（400
余亩）。诗写人民日报的重要地位和
作用。

人民日报社大门

人民日报社大楼（本单位提供）

新华社

古有大象来，
民初国会开。
笔直新华楼，
尖锋辑妙采。

新华通讯社的前身是1931年在江西瑞金成立的红色中华通讯社，1937年在陕西延安改为现名。新华社现处北京西城区宣武门西大街。西边的象来街，因古时有大象往来而得名。院内有中华民国第一届国会旧址。诗的后两句通过写新华社大楼造型，喻媒体的公正和敏锐。

新华社大门　　　　　　　　新华社大楼

中央电视台

西先耸高塔，东又立奇厦。
条楼间居整，彩波满天下。

中央电视台1958年5月1日成立，当年9月2日正式开播，名称为北京电视台。1978年改为中央电视台。诗的第一句写北京西三环外的中央电视塔。第二句写东三环外的央视新楼，该楼2012年启用，高度234米，建筑面积55万平方米。第三句写位于木樨地的央视总部条形大楼。

中央电视台总部大楼（黄文平摄）

中央广播电视塔（黄文平摄）

国家图书馆

一

熠熠薪火燃，蓝蓝智海漫。

飞来金玉片，作竹作舟船。

二

文津津蕴满，临琼琼望远。

乾隆辑丰库，永乐存大典。

赵城传孤本，敦煌护遗篇。

殷墟半尺骨，亘溯三千年。

中国国家图书馆有总馆北区、总馆南区、古籍馆三处馆舍，总建筑面积为28万平方米，居世界国家图书馆第三位。截止2015年底，馆藏文献总量为3500余万册件。总馆位于北京市海淀区，与紫竹院公园相邻。主楼为双塔型高楼，为孔雀蓝琉璃瓦大屋顶，淡乳灰色瓷砖外墙。上诗以总馆建筑的主基调，并借唐代韩愈《劝学篇》"书山有路勤为径，学海无涯苦作舟"，宋真宗赵恒《励学篇》"书中自有黄金屋"，"书中自有

国家图书馆古籍馆大门

颜如玉"的意境，写图书是文化传承和知识积累的载体。

古籍馆位于西城区文津街，与北海、中南海相邻，以文津楼、临琼楼为主体。珍品特藏包含西域文献、善本古籍、金石拓片、古代舆图、少数民族文字古籍、名家手稿等280余万册件，可远溯到3000多年前的殷墟甲骨。下诗写了"敦煌遗书"、"赵城金藏"、《永乐大典》、文津阁《四库全书》等"四大专藏"。

国家图书馆总馆（本单位提供）

国家图书馆古籍馆文津楼

民族文化宫

长颈立昂然，手足紧围环。
尊身洁如玉，喜着雀羽蓝。

冠裳美如画，鼓乐齐奏旋。
宝物传谛信，族文存长卷。

　　民族文化宫位于北京市西长安街，1959年10月建成开放。与其相邻的民族饭店，同属向建国10周年献礼的首都十大建筑之列。诗的第一节以拟人笔法，把主楼比作长颈，把东西翼楼和延伸的展厅比作手足。乳白色的楼体、孔雀蓝琉璃瓦，都蕴含少数民族的文化元素。第二节写展厅中的民族服装、乐器和工艺品，以及民族图书馆收藏的不同文字的书籍。

民族文化宫

农业展览馆

大馆原野上，主辅一横长。
八角四方亭，紫檐绿瓦镶。
农艺展厅室，农机列广场。
丰收锣鼓庆，马腾动地响。

全国农业展览馆位于北京朝阳区东三环北路，1959年建成开放，是向建国10周年献礼的首都十大建筑之一。"大馆原野上"指建馆前这里是一片农田，整座展馆占地面积很大。"主辅一横长"指其主楼和两个配楼在一条很长的平行线上。诗的最后两句指展厅前广场的两尊雕塑。

全国农业展览馆

美术馆

亦堂亦殿厦，
满藏名书画。
冠檐镀金黄，
巨宝不问价。

中国美术馆位于北京市东城区五四大街，建成于1959年，是为建国10周年献礼的首都十大建筑之一。整首诗结合美术馆的典雅高贵，赞书画精品是无价之宝。

中国美术馆（张磊摄）

国家大剧院

匠工造天穹，
四园一罩中。
尽赏文华演，
如入水晶宫。

国家大剧院位于北京天安门广场以西，于2007年建成，是2009年评出的北京当代十大建筑之一。诗的第二句"四园"指大剧院内有歌剧院、音乐厅、戏剧场和小剧场等四部分。第四句"水晶宫"指大剧院被人工湖环绕，进入其内需经80米长的水下通道。

国家大剧院（黄文平摄）

大观园

满园传赞言，一报辛酸泪。
莫云红迷痴，赏品其中味。

北京大观园是再现《红楼梦》中"大观园"景观的文化名园，位于
西城区南菜园护城河畔。该园1984年为拍摄电视剧《红楼梦》（1987年
版）所建，1989年全部对游客开放。整首诗仿曹雪芹《红楼梦》第一回
诗句而写。原诗为："满纸荒唐言，一把辛酸泪。都云作者痴，谁解其
中味。"本诗的含义是，这里复制的"大观园"惟妙惟肖，可以说是对
曹雪芹著书所付心血的一个回报。有谁如果不相信，可来观赏品味。

大观园潇湘馆　　　　　　　　大观园怡红院

外交部

一门对光称，千窗似明睛。
圆方相接紧，环收八面风。

中华人民共和国外交部位于北京朝阳门南大街。诗的前两句，喻在外交工作中对国际形势的正确判断。后两句指以刚柔相济的外交政策，有力应对风云变幻。

外交部办公楼

使馆区

南北两片区，
平排国使邸。
雅楼据宽院，
飘扬多彩旗。
树茂街取静，
岗密车行稀。
大国相交繁，
阔屋处离地。

　　诗写北京朝阳区日坛公园东侧和三里屯一带有两个使馆区，与我国建交的国家的大使馆沿街排列，形成美丽别致的景观。使馆区树木苍翠，环境优雅，护卫严密。一些大国，如美国、俄罗斯、加拿大、日本、澳大利亚等，在临近使馆区的地方，或在其他合适的地方，建有较大的馆舍。

大使馆外景（网购）

使馆区街景（网购）

钓鱼台国宾馆

金宗钓鱼台，清皇养源斋。
新华十八楼，国宾四方来。

钓鱼台国宾馆建成于1959年，是向国庆10周年献礼的首都十大建筑之一。诗的第一句是指金章宗完颜璟曾在这里设台垂钓，因此已有800年的历史。第二句指清代以此为行宫，修建了养源斋等建筑。第三、四句指新中国建成18栋新楼，用于外交工作中接待国宾来访。其中18号楼为豪华的总统套房。

钓鱼台国宾馆18号楼（张磊摄）

北京饭店

百年贵宾房，
四世聚一堂。
愧压皇城角，
喜处金街旁。

　　北京饭店始建于1901年，目前是长安街上历史最长、规模最大的五星级饭店。诗的前两句写北京饭店的历史，以及由不同年代的四栋建筑组成。后两句写北京饭店的位置。其贵宾楼正好压在明清皇城的东南角上，东侧是被称为"金街"的王府井大街。

北京饭店

奥运会（三首）

鸟 巢

百鸟聚大巢，五环旗高飘。
生长生命力，金牌金光耀。

水立方

方体圆彩泡，龙鱼任飞跳。
尽展灵动美，倏尔刷新标。

迎冬奥

南洋传喜讯，冬奥再申成。
京冀携手办，神州尽欢声。
坝上腾矫燕，城下舞银龙。
相迎酣备紧，健儿砺深功。

2008年8月，第29届夏季奥林匹克运动会及随后的残奥会在北京举办。鸟巢即国家体育场，水立方即国家游泳中心，两者位于北京奥林匹克公园中心区南部南北中轴线东西侧。当年建成后，分别作为2008年北京奥运会主场馆和水上项目比赛场馆。2009年，它们均被评为北京当代

鸟巢（国家体育馆）（苏杭摄）

水立方（国家游泳中心）（网购）

十大建筑。前两首诗句主要是对体育运动和奥运盛会加以赞美。

　　2015年7月31日，国际奥委会第128次会议在马来西亚吉隆坡举行，投票决定北京为2022年第24届冬季奥林匹克运动会举办城市。北京将与河北省张家口市共同举办这届冬奥会，时间为2022年2月4日至20日。作者当日得讯作诗一首，收入本书。

APEC中心

小湖撑大洋，半岛连五洲。
神堂相议事，宝塔映北斗。
银贝喜观景，紫碟邀远游。
高台旭日升，长桥越宽沟。

APEC中心位于北京怀柔区雁栖湖的一个半岛上，2014年建成后，举行了亚洲太平洋地区经济合作组织领导人非正式会议。诗中"神堂"指APEC会议中心的雁翅楼（汉唐飞扬），依其背后燕山的"神堂峪"地名称呼。雁栖塔矗立湖边。"银贝"指日出东方国际酒店。"紫碟"指国际会展中心。

雁栖湖原为"高台上水库"，坝前有很长的公路桥，架于河谷之上。"长桥越宽沟"指架起友谊桥梁，扩大交流与合作。在不远的地方有著名的宽沟风景区。

举行APEC会议的集贤厅（北控置业公司提供）

APEC中心全景（北控置业公司提供）

会议中心雁翅楼（北控置业
公司提供）

日出东方酒店

"一带一路"

织锦贯彩虹，光鲜万里行。
绿荫遮漠迹，金笛代铜铃。

捻缕缀明珠，大环聚亲朋。
海天成一色，灯塔汇繁星。

"一带一路"建设，即建设"丝绸之路经济带"和"21世纪海上丝绸之路"，是习近平主席2013年访问哈萨克斯坦和印度尼西亚时分别提出的倡议。这一倡议的核心内容，是促进基础设施建设和互联互通，对

国家会议中心（资料图）

接各国政策和发展战略，深化务实合作，促进协调联动发展，实现共同繁荣。3年多来，这一倡议得到国际社会的积极响应和广泛支持，100多个国家和国际组织参与其中，一大批合作项目陆续启动。我国设立了"丝路基金"，并发起成立了亚洲基础设施投资银行。为了更好地推进"一带一路"建设，我国于2017年5月14日至15日在北京举办了"一带一路"国际合作高峰论坛，其中高级别会议在北京国家会议中心举行，圆桌峰会在怀柔雁栖湖国际会议中心举行。参加圆桌峰会的各国和国际组织领导人发表了联合公报，论坛形成270多项成果。

作者在论坛举行期间写成此诗，原题为《丝路——贺"一带一路"峰会》，供稿后刊登在5月20日《人民日报》上。诗的第一节写"丝绸之路经济带"。"金笛代铜铃"指开通中欧班列。第二节写"21世纪海上丝绸之路"。"捻缕缀明珠"指把这一区域的沿海城市和港口连接起来。

"一带一路"峰会文艺演出开场舞《千年之约》（资料图）

科技会堂

四海探龙宫，
九天访星辰。
环球凝新力，
高堂聚达人。

北京是全国的科技创新中心，有中国科学院、中国社会科学院等国家级科研机构，以及数座科研院所，科技力量十分雄厚。中国科技会堂坐落于北京西长安街延长线复兴路上，是隶属于中国科学技术协会的多功能、综合性活动场所，科技工作者常在这里聚会研讨。诗写科学技术是第一生产力。

中国科技会堂

航天城（外一首）

大华狮方醒，两弹续一星。
天安苍穹飞，朝歌伴日腾。
嫦娥喜登月，玉兔行堪工。
宏炉炼金刚，长巡深悟空。

中国北京航天城位于西北郊，是中国空间技术研究院、北京航天飞行控制中心、中国航天员中心所在地。诗的前四句写1970年我国发射第一颗人造地球卫星。"天安苍穹飞"指星体镶嵌着天安门图形，喻我国发展空间技术是为了维护世界和平。"朝歌"指卫星所奏《东方红》乐曲。后四句写神舟号飞船载人飞行和嫦娥号探月工程取得成功。

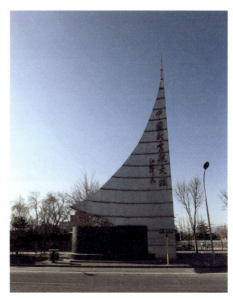

北京航天城街碑（张磊摄）

中国第一颗人造
地球卫星备体
(张磊摄)

月球车"玉兔"

中国航天员中心(张磊摄)

贺天宫二号发射

中秋圆月明，
金火再射星。
银河迎新族，
嫦娥望暖宫。

诗写于2016年9月15日晚（中秋节），长征二号运载火箭将天宫二号空间实验室发射升空之际，作为向朋友的贺节短信。据报道，这是我国第一个真正意义上的空间实验室，将实现多项突破，为2020年前后建成空间站打下坚实基础。

我国准备发射的空间站模型(张磊摄)

长征二号F运载火箭发射（国家航天局提供）

注：由中国运载火箭技术研究院研制的长征二号F运载火箭（CZ-2F）是为满足我国载人航天工程需要而研制的火箭。2003年10月15日，长征二号F火箭成功地将我国宇航员杨利伟送入太空。截至目前已成功完成了13次发射任务，包括5次无人飞船任务，6次载人飞行任务、1次天宫一号、1次天宫二号目标飞行器任务。该型火箭起飞重量为498吨。

中关村

旧屯改新村，一院扩多园。
制造向创造，攻关赖中关。
联想圆梦想，百度任击点。
科强百业盛，技优千行先。

中关村一带原称"中官坟""中官屯"，是明清时期太监养老、修庙和建坟安葬的地方，因太监又称为"中官"而得名。新中国成立后在这里建立了国家科研机构，改为现名。从20世纪80年代开始，中关村进行科技开发实验，成为中国第一个国家级高新技术产业开发区、第一个国家自主创新示范区、第一个国家级人才特区。目前已有高新技术企业近两万家。

诗的第一、二句除写地名更改外，还指原来只有社会科学院一家，现已增加了数个科技园区。"制造向创造"指中关村使命。联想集团、百度集团是中关村具有代表性的科技创新企业。最后两句写科学技术的重要作用。

中国科学院工程热能物理研究所（张磊摄）

中关村大街（网购）

联想集团（本单位提供）

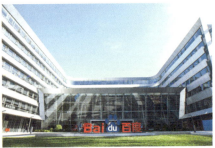

百度公司（本单位提供）

可燃冰

蓝宇望蓝星，
蓝星蓝海成。
蓝海盘蓝鲸，
蓝鲸蓝火腾。

天然气水合物俗称可燃冰，是资源量丰富的高效清洁能源，但开采难度很大。2017年3月14日，国土资源部、中国地质调查局的"蓝鲸1号"到达南海神狐海域，实施试采作业。自5月11日喷气至7月9日关井，连续试气点火60天，累计产气30.9万立方米，平均日产5151立方米，甲烷含量最高达99.5%，获取科学实验数据647万组。"蓝鲸1号"是目前世界上作业水深、钻井深度最深的半潜式钻井平台，我国在这一领域走在了前面。中共中央、国务院于5月18日向全体参研参试单位和人员发了贺电。作者有感而发，作诗赞颂。经多次修改，现为用"顶针"修辞手法，并贯穿一个"蓝"字，在喻可燃冰是储量丰富的清洁能源的同时，凸显宇宙和地球的蔚蓝特征，引申人与自然的关系，倡导绿色发展理念。

试采可燃冰的蓝鲸1号平台（引自《人民政协报》）

燃烧的可燃冰（引自中国地质调查局网站）

北京大学

古门育新芳，
红楼见曙光，
燕园贯东西，
学人济国强。

北京大学已有近120年的历史。诗中"古门育新芳"指清光绪二十四年（1898年）利用乾隆帝四女和嘉公主旧宅开办京师大学堂，1912年改为北京大学校。"红楼见曙光"指1918年沙滩地区北大红楼建成，为北京大学的主要校舍所在地之一，是早期传播马克思主义和民主科学进步思想的重要场所，1919年五四运动的策源地。"燕园贯东西"指1952年院校调整，北京大学搬到燕园（原燕京大学校址），即现在的校址，也喻北大坚持兼收并蓄、开放办学的宗旨。

北京大学校徽（资料图）

北京大学校门（张磊摄）

北大图书馆（网购）

原北京大学红楼及新建的五四纪念碑

原京师大学堂校门（和嘉公主旧宅）

清华大学

水丰四渎供，
木茂五岳来。
清天强行健，
华地德厚载。

清华大学于1911年利用美国退还的部分庚子赔款建立，坐落在北京西北郊清华园，开始称清华学堂，次年改称清华学校，1928年改为国立清华大学。1952年调整为多科性工科大学。改革开放后，清华大学进入蓬勃发展期，逐步恢复为综合性大学。诗以"水木清华"藏头。前两句写清华大学是国家培养高端人才的摇篮，招来四面八方的优秀人才。后两句写清华校徽所载"自强不息，厚德载物"的校训。

清华大学校徽（资料图）

水木清华景区

清华大学二校门（张磊摄）

清华大学教学大楼（张磊摄）

清华大学大礼堂（张磊摄）

中央党校

党校遵党姓，同学奉同名。
亮石摇方准，精钢淬火中。

　　中共中央党校是中国共产党轮训培养党的高中级领导干部和理论骨干的最高学府，是党的哲学社会科学研究机构。其前身是1933年3月创办于中央革命根据地瑞金的马克思共产主义学校，经过在陕北延安、河北平山的发展，1949年初迁入北京（时称北平）。1955年改称中共中央直属高级党校，1977年定为现名。历任党中央领导人兼任党校校长。全校现有工作人员1100多人，每学期在校学员3000人左右。学位教育属于国民教育体系，设有数个博士学位授权学科和博士后流动站。目前已与50多个国（境）外的相应机构、学术组织及企业建立了合作关系。校址位于北京市海淀区大有庄100号，校园宽阔，设施齐备。

　　诗中"党校遵党姓"，是写党中央所提"党校姓党"的要求，在中央党校官网辟有这个专栏。"同学奉同名"，指各级党组织选派的学员，有一个同样的身份，即都是共产党员。"亮石"是指立于党校中心位置，刻有"实事求是"校训的石座。"摇方准"喻中央党校是培养全党高中级领导干部的摇篮，由这一校训确定教学方位，指引发展方向。

中央党校校训石座（张晓光摄）

中央党校主楼（张晓光摄）

中央党校教学楼（资料图）

金融街

纸币围半环，
硬币叠整圆。
央行处中央，
各行沿各边。
工农中建交，
大行宏图展。
新行开新业，
证券与保险。

北京金融街南起复兴门内大街，北至阜成门内大街，西抵西二环路，东临太平桥大街，规划面积103公顷。这里古代是元大都的西南角，曾设有"金城坊"。自1992年开始建设的金融街，聚集了众多大型银行和非银行金融机构总部、大型企业总部和国家金融业管理机构。诗中"纸币围半环，硬币叠整圆"，是写中国人民银行办公楼的造型。这是一个十分逼真的地标性建筑，充分体现了金融业的特征。

中国人民银行

金融街

商务中心区

南沿通惠河，
北展朝阳路。
高桥连广运，
巨厦落总部。
世贸金街横，
大媒银楼竖。
屹起中国尊，
西望叫香炉。

北京商务中心区（简称北京CBD），地处东长安街、建国门、国贸中心和北使馆区的中心交会地带，面积7平方公里。诗中"巨厦落总部"指这里有众多世界500强企业的中国总部。"大媒银楼竖"指人民日报、中央电视台、北京电视台、凤凰卫视、搜狐等大型传媒。最后两句写中信集团公司正在建设的"中国尊"。该楼设计相对高度528米，海拔与香山香炉峰等高，地上108层、地下7层（不含夹层），总建筑面积40余万平方米，预计2019年建成。

北京商务中心区远眺，最高者为正在建设的"中国尊"

北京商务中心区夜景（网购）

环城路（外一首）

京城大旋转，
内方围外圆。
满昼川流涌，
六环六银链。
入夜射华灯，
六环六金链。
春夏花木盛，
绿链叠彩链。

北京现已建成了二环至六环五个环路，总长度432.5公里。二环路为1992年建成，全长32.7公里；1994年贯通了三环路，全长48.3公里；2001年建成了四环路，全长65.3公里；2003年建成五环路，全长98.6公里；2009年建成六环路，全长187.6公里。对一环路的说法不同，没有形成定论。诗中"内方围外圆"指各条环路的形状。后面六句形容了环路运行的景象，以及春夏季节的美丽景色。

东四环路夜景（兰欣摄）

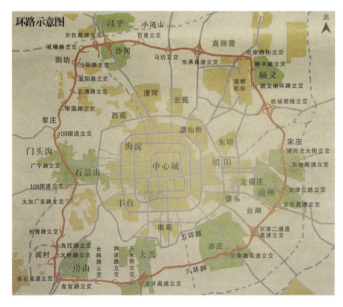

环路示意图（资料图）

拥 堵

大路贯京城，
小车爬蠕虫。
久驾有新技，
穿当蜿蜓行。

北京市由于车辆增长过快，道路拥堵、停车困难等问题十分突出，正在加紧治理中。

堵车路段

地 铁

早备地道战，今开地铁线。
网连达千里，日乘逾千万。
站点满布齐，快行接转便。
疏堵并减排，夏凉与冬暖。

　　北京在20世纪60年代曾挖了不少地道，用以备战。1971年开始运营第一条地铁线。进入本世纪，建设步伐加快，轨道交通已成网络。诗中"网连达千里，日乘逾千万"，指目前总长度约达到500公里，每天运送乘客1000万人次。到2020年，北京轨道交通总里程将达到1000公里。

地铁规划图（资料图）

地铁5号、6号线的东四站内景

地铁5号线地面路段
（杜殿文摄）

地铁6号线什刹海站

火车站

铁龙绕神州，五站五龙头。
莲池跨高厦，崇外摆钟楼。
南开永定门，北出居庸口。
东连惠四方，质速竞比优。

北京铁路运输十分发达，有五座车站，其中三个为大型枢纽。目前每年发送旅客1.5亿人。诗的第三句至第七句分别指五座车站，即位于莲花池的北京西站，位于崇文门东的北京站，位于永定门外的北京南站，位于西直门的北京北站，位于百子湾（临近四惠桥）的北京东站。北京站是向国庆10周年献礼的首都十大建筑之一，南站是2009年评出的北京当代十大建筑之一。

中国铁道博物馆正阳门馆

北京西站（人民铁道报社提供）

北京站（人民铁道报社提供）

京承高速（外一首）

侧掠司马台，底穿金山岭。
峰峦排踞虎，谷涧起飞龙。
阻通大写意，凉热小觉同。
纵横千万里，相伴日月行。

北京对外公路交通已有京港澳、京沪、京哈、京开、京藏、京新等高速公路。整首诗以北京至承德高速公路经过司马台长城，以隧道穿越金山岭长城的意境，来写时代变迁，交通运输在人类社会发展中具有重要作用，现代社会的开放融合，与古代的封闭隔离形成鲜明对照。诗中"踞虎"和"飞龙"分别指万里长城和高速公路。

京承高速金山岭隧道

早期建成的109国道东方红隧道

"人从众"

十月黄金周，万众竞出游。
车行缓与急，费免喜中忧。

　　为了方便大众旅游休闲，国庆放假加周末倒休连续休假7天，全国高速公路对小客车免收通行费。据2016年10月1日作者所订手机报显示：国庆黄金周第一天，"人从众"模式如期而至。高速路、火车站、航站楼、地铁站等交通枢纽旅客和故宫、长城、外滩、西湖等景区游客爆满，到处都是"人从众"。作者读后有感而发，写成此诗。

205

首都机场（外一首）

三道仅十里，天接任驰伸。
四厦频移扩，便往近亿人。
龙凤雁鹰飞，高塔助集分。
神龟紧相卫，中华第一门。

北京首都国际机场为全国最大的复合型航空枢纽，南苑机场作为辅助，目前通航全国各主要城市和世界50多个国家的100余个城市。诗中"三道仅十里，天接任驰伸"，指首都机场有三条跑道，其长度相加为10.8公里，但开辟空中航线，通达四面八方。"四厦频移扩，便往近亿人"，指首都机场有四座航站楼（在用三座），年旅客吞吐量已达近亿人次。"高塔助集分"指机场塔台提供空中交通管制服务。"神龟"指首都机场三号航站楼前停车楼的造型。三号航站楼是2009年评出的北京当代十大建筑之一。

首都机场塔台（本单位提供）

北京首都机场三号航站楼及两条跑道（本单位提供）

首都机场二号航站楼（资料图）

207

新机场

新场跨京冀，天道龙脉依。
彩凤再筑巢，大鹏同展翼。

目前首都机场承载能力已经饱和。2014年底开工建设第二个民航机场。新机场位于北京市大兴区与河北省廊坊市交界处，以中轴线向南延伸，距天安门广场直线距离46公里。规划建七条跑道，终端旅客吞吐量1亿人次。第一期按7200万人次，建四条跑道、航站楼70万平方米。航站楼设计选用从空中俯瞰的彩凤造型，与首都机场三号航站楼的巨龙造型相呼应。预计2019年建成投入使用。诗写北京新机场的地理位置、设计造型和将要发挥的重要作用。

北京新机场航站楼设计造型（本单位提供）

南水北调

旷世一神工，巨龙上京城。
万家汲远水，千井得持升。

　　南水北调是抽调部分长江水资源送往华北、淮海平原和西北缺水地区的特大水利工程。分东、中、西三线，干线总长度4350公里，规划调水规模448亿立方米，惠及沿线区域4.38亿人，建设时间需40—50年。东、中线一期工程干线总长度2899公里，配套支渠约2700公里。2002年12月27日东线一期工程开工，2013年11月15日正式通水运行。2003年12月30日中线一期工程开工，2014年12月12日正式通水运行，12月27日，北京团城湖终点明渠开闸放水，年均为北京市送水10.5亿立方米，15区县受益。诗中"千井得持升"，据2015年北京地下水埋深恢复升高而写。

南水北调线路示意图（资料图）

南水北调水闸（网购）

位于河北保定境内的南水北调中线的漕河渡槽（李涛摄）

绿化（外一首）

三北固流沙，四围筑绿坝。
千道郁林荫，万园发春华。

PM2.5

微尘闹寰宇，大众焚心肌。
清水育青林，新春绽新绿。

目前，北京市林木绿化率约为60%，森林覆盖率约为45%，城市绿化覆盖率约为50%。

第一首诗写北京在河北省、内蒙古自治区的支持下，进行了防护林建设。城市周围形成了绿化带，市区修建了林荫道、公园、绿地等绿化工程。

第二首诗写为防治大气污染植树造林。诗系作者2013年五四青年节前夕，参加全国民航团委"青春绽绿"活动启动仪式讲话时的即兴诵诗。

银杏长廊（黄文平摄）

斋堂水库（刘凤琴摄）

皇城根遗址公园

昌平区滨河公园区域的龙山

植物园

炉峰玉塔间，偌大植物园。
繁花簇茂林，新种撒原田。

一沟樱花红，十坡百花鲜。
千品望月季，万株赏牡丹。

石花傍光树，菩提观舞兰。
妙盆聚华风，惊世得水杉。

天仙闻香至，丝琴伴泉弹。
卧佛静嘱事，才郎著鸿篇。

北京植物园建成于1958年，规划面积400公顷，截至2014年已建成开放200公顷，由植物展览区、名胜古迹人文景观区、自然保护区和科研区四部分组成。园中展览温室是2001年评出的北京十大建筑之一。诗的第一节写植物园处于香山和玉泉山之间，既进行植物展示，又开

北京植物园正门

展科研实验。第二节写樱桃沟和十个花园，月季园有一千多个品种（月季和菊花是北京的市花），牡丹园规模也很宏大。第三节写园内的珍奇植物，包括石头花、光棍树、舞蹈兰等。盆景园名品荟萃，展示了不同的艺术风格。"惊世得水杉"，指原来认为在6500万年前已经灭绝的水杉，1941年在我国湖北、四川被发现，使世界植物学界十分震惊。这种水杉和美洲的红杉在植物园都有栽种。第四节写园内的人文景观，卧佛寺、曹雪芹纪念馆、《牡丹仙子》壁画、音乐喷泉等。

北京植物园展览温室

北京植物园内的十方普觉寺（卧佛寺）

北京植物园内的曹雪芹纪念馆

北京植物园月季园（陈雨摄）

北京植物园樱桃沟栈道两侧的水杉（张磊摄）

十　渡

漂游拒马河，
十渡十道弯。
山洞探龙王，
水洞访神仙。

　　十渡风景区位于北京房山区西南，是联合国授牌的"中国房山地质公园"中八个景区之一，属于我国北方唯一的大规模喀斯特岩溶地带。诗的前两句写"十渡"是沿拒马河20公里山谷的各个渡口，现在有拒马河漂流项目。后两句写龙仙宫、仙栖洞两个最著名的大溶洞。

十渡旅游风景区（网购）

龙庆峡

众神游高峡，争名赞奇山。
齐力拔妙笔，蘸潭临彩卷。

龙庆峡位于北京延庆区城东北的古城河口，其名称源于明代延庆的称谓"龙庆州"。龙庆峡被誉为塞外一绝、北京"小漓江"，有神仙院、鸡冠山、神笔峰、双剑崖、十八盘、东大寨、西大寨等景观。诗写神仙们都到这里来了，争相赞美面前的景致并为其命名，但还不够尽兴，就一起拼力拔取神笔峰作为画笔，以马蹄潭水为彩墨，临摹湖光山色。

龙庆峡（网购）

白龙潭

白龙喜饮潭，乘风上雾灵。
广布及时雨，大福记神功。

    白龙潭位于北京密云城区东北龙潭山中，有很多美丽景观。诗沿宋代诗人苏辙"白龙昼饮潭，修尾挂石壁"前句，结合这里景观写了一个神话。相传白龙在干渴之时，喜饮潭水后飞上燕山最高的雾灵峰。它把潭水转化为山雨，及时洒向大地。景区有一个很大的"福"字，是人们为记载和感谢白龙的功德而摩刻的。

白龙潭（网购）

大医院

家家心所系，人人身不离。
房房卧为满，廊廊站拥挤。
假疑求真探，深信向高取。
会诊处良方，新药祛陈疾。

北京十分重视医疗资源的配置，不同等级的医疗机构遍布全市。但社会需求增长过快，人们看病大都投向有名的大医院，外地患者也纷纷来京求诊，造成大医院不堪重负。诗写这种状态，以及近年来采取增加医疗资源、调整布局结构、网上预约挂号、与周边省市联办医院等措施，逐步解决这个问题。

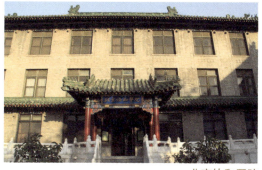

北京协和医院

北京友谊医院平谷医院

219

学区房

巍巍学区房，年年价高扬。
合租租地下，分买买走廊。

北京住宅建设增长很快，但房价涨得更快。尤其是重点院校附近的"学区房"，租售价格更高。诗写这种状况。近年来采取调控措施，已经初见成效。

北京景山学校

北京四中

黄城根小学

府学胡同小学，原顺天府学（张磊摄）

一主一副

大道向东延，
重压始得缓。
一主一副配，
市委市府迁。

根据《京津冀协同发展规划纲要》，北京将按"一主一副、两轴、多点"格局发展，综合治理"大城市病"，有序疏解非首都核心功能。诗写在通州建设城市副中心，延伸相关道路，市属机关将带头搬迁。

北京城市副中心在建设中（网购）

221

众星拱月

通州事事通，
大兴业业兴。
房山山秀美，
门头沟沟盈。
昌平日日昌，
延庆节节庆。
顺义心义顺，
怀柔怀柔情。
密云飘祥云，
平谷鼓高评。

北京行政区划共有16个区。其中市区有东城区、西城区、朝阳区、海淀区、丰台区、石景山区；原来的郊区县都已改为区的建制，有通州区、大兴区、房山区、门头沟区、昌平区、延庆区、顺义区、怀柔区、密云区、平谷区。近年来北京大力促进城郊协调发展，加快了郊区城市化进程；还规划建设了望京、亦庄等功能新区。从总体上看，形成了中心辐射、众星拱月的格局。整首诗是对10个远郊区发展的赞美。

门头沟区永定楼（张磊摄）

平谷区山村

雄安新区

京畿起新城，
环围雄安容。
疏接一核压，
聚引四方能。
千年文脉延，
万民康道行。
西山喜伴舞，
东海作和声。

祖来居太行，
相距百里程。
父舅驱独轮，
吾辈驾单行。
甜果兑香鱼，
泥匠会蔑工。
今事空天业，
高翔助雁翎。

2017年4月1日，中共中央、国务院决定设立雄安新区，这是为集中疏解北京非首都功能，探索人口经济密集地区优化开发新模式，调整优

224

化京津冀地区城市布局和空间结构，培育创新驱动发展新引擎所做出的历史性战略决策。雄安新区定位为国家二类大城市，位于河北省保定市境内，规划范围涵盖雄县、安新、容城等三个县及周边部分地区，起步区面积约100平方公里，中期发展区面积约200平方公里，远期控制区面积约2000平方公里。

　　诗的第一节写建设雄安新区的重要作用和重大意义。"千年文脉延，万民康道通"，指雄安新区规划向北联结历史文脉，东西方向建设人民大道。第二节写作者祖籍是雄安新区以西的太行山浅山地带，以前当地生产的水果被运到保定及其以东地区销售；山区则迎来白洋淀产的鱼虾，建房所用的是白洋淀的芦苇，及用其编织的苇席。而今作者在民航系统工作，眼见正在修建的北京新机场，将有力支持雄安新区的建设和发展。

雄安新区地域航拍图（雄安新区宣传中心提供）

登盘山念京津冀携手

一座天盘山，三维福脉连。
峻塔远定光，琼楼近映泉。
幽谷松风震，高阶人竞攀。
胜境同兴举，嘉年好梦圆。

　　盘山风景名胜区面积106平方公里，是自然山水与名胜古迹并举、佛教文化与皇家文化相融的旅游休闲胜地。景区始记于汉，兴于唐，极盛于清。唐代被称为"东五台"。唐太宗东征返回途中在此驻游赋诗"兹焉可游赏，何必襄城外"。清康熙帝称其为"京东第一山"。清乾隆帝曾32次来到这里，并发出"早知有盘山，何必下江南"的赞叹。盘山原有72座寺庙、13座玲珑宝塔，但大部分在日本军队入侵时被毁。近年政府进行了景观的修复和重建。

　　盘山景区处在北京、天津、河北三省市交界之地，隶属于天津市，但距北京城区更近，紧邻天津蓟州区、北京平谷区和河北三河市。诗中"三维福脉连"，指这里是风水宝地（山上有"神牛福地"一景），与京津冀根脉相连。挂月峰、定光塔、云罩寺、万松寺、戏楼、石径流泉等，都是盘山景区的著名景观。最后两句写实施京津冀协同发展战略，实现中华民族伟大复兴的中国梦。

盘山定光宝塔（网购）

盘山景区的曲径通幽（网购）

附录

古今融会　交相生辉
——北京建都历史与城市发展

　　我国夏代和商代的首都一直在不断迁徙。从公元前1046年西周建立，至2017年为3063年。在不同的朝代和时代，今天的西安、洛阳、北京三座城市分别在很长时间内担任着首都的角色。从西周至秦的841年里，首都大部分时间设在洛阳和西安。从汉至唐的1100多年里，首都主要设在西安，部分时间设在洛阳。其后，形成宋、西夏、辽、金对峙的局面。北宋的首都设在今天的开封，历时160多年。南宋的首都设在现在的杭州，历时150多年。西夏的首都设在今天的银川，历时不到200年。北京从辽代作为陪都，其后金、元、明、清及民国初年作为首都。从公元938年辽代将北京定为陪都（称南京），至今已有1079年。从公元1153年金代将北京定为首都（金中都），至今已有864年的建都史。在此期间，首都也曾移往南京等城市，但都比较短暂。也就是说，从西周至今的3000多年时间里，北京有近三分之一的时间作为首都，是全国的政治文化中心。

一、北京建都历史

　　北京地区为什么很早就建立了城市？北京为什么在多个朝代长期作

为首都？这主要取决于四个方面：一是地理位置，二是自然资源，三是民族融合，四是文化积淀。从地理位置来看，北京处于太行山余脉与燕山山脉交结之地，是一块冲积平原，被称为"北京湾""北京小平原"。向南通向华北平原，向东南通向渤海，向东北通向东北平原，向北出居庸关、古北口、喜峰口通向漠北等地区。北京属于交通要冲，自然也就是军事要地。从自然资源来看，北京古代有琉璃河（大石河）、永定河、潮白河（上游为潮河、白河）、温榆河等多条河流从西北部高地向东南流向渤海，水源充沛，草木丰茂。从民族融合来看，北方少数民族入主中原，大多依托北京。辽、金、元、明、清五个朝代在北京建都，其中辽、金、元、清四代均为少数民族政权，实现了少数民族与汉族、游牧民族与农耕民族的不断融合。从文化积淀来看，前面朝代建都形成的文化底蕴，是后面朝代选定首都要考虑的重要因素。北京文化积淀日益深厚，因而其首都的地位不断地承继下来。

（一）远古北京人

人类是由古猿进化而来的。考古工作者在我国境内发现的最早的古猿化石，是云南禄丰古猿化石，距今约800万年，为"禄丰古猿禄丰种"。

旧石器时代早期，从大约180万年前到10万年前，中国古史传说中的燧人氏时代大约就处在这一时期，考古发现的古人类化石有元谋人、蓝田人、北京人。旧石器时代中期，距今约10万年—距今约5万年，大约是传说中的伏羲氏时代。人种属早期智人，所发现的最典型的化石有马坝人（广东）、长阳人（湖北）等。旧石器时代晚期，距今约5万—距今1万多年。人类体质已发展到晚期智人，世界各大人种基本形成。所发现的遗址遍布全国。新石器时代，公元前1万年—前3500年，是传说中的神农氏时代。铜石并用时代，约在公元前3500年—前2000年。

"北京人"发现于北京房山周口店，距今约70万年—距今约20万年。在周口店的另一山洞发现的"新洞人"，距今约20万年—距今约10万年。发现于周口店龙骨山顶的"山顶洞人"，距今约3万年。王府井东方广场地下的古人类文化遗址，距今约2.6万年—距今约1.5万年。在门头沟永定河畔发现的"东胡林人"墓葬，距今1万年左右。平谷盆地的"上宅文化"，距今约7000年—距今约6000年。军都山旁的"雪山文化"，距今约6000年—距今约5000年。

（二）燕国和蓟国

传说轩辕与炎帝战于阪泉、与蚩尤战于涿鹿，代神农氏，是为黄帝。公元前2697年为黄帝纪元元年。相传黄帝死后颛顼为帝，改革宗教。后又历帝喾、尧、舜、禹。公元前2070年，禹之子启得帝位，建立夏王朝。公元前1900年前后，太康失国，后羿代夏。公元前1600年，商灭夏。公元前1046年，武王克商，建立周朝，定都镐京，史称西周。

北京这个地方，在3000多年以前就形成了两个城邑，一个为燕，一个为蓟。《史记·燕召公世家》记载："周武王之灭纣，封召公于北燕。"《史记·周本纪》也载"封召公奭于燕""帝尧之后于蓟"。召公的名字叫姬奭，与周公、姜太公并称周之"三公"，辅佐周武王治理国家。召公在长安附近还有封邑，因此并没有亲自来管理燕国，而是委托他的儿子克来代管。燕国城池在今房山区的琉璃河镇董家林村，现建有西周燕都遗址博物馆。据考证，另一封国蓟国，在今广安门一带，早先是一个叫"蓟丘"的高地。春秋时期，燕国强盛，蓟国弱小，燕国在向北发展中占据了蓟城并作为都城，成为"燕都蓟城"。现广安门北滨河绿地上建有蓟城纪念柱。2015年是北京建城3060周年，是从公元前1045年周武王封国算起的。

燕国最强盛的时期是燕昭王时期。燕昭王把军事重镇武阳城营造为陪都，史称"燕下都"，在今河北易县境内。在易水旁修筑"黄金台"招贤纳士，使燕国强盛起来。他重用从魏国前来的乐毅为上将军，联合赵、韩、魏、秦四国攻打齐国取得胜利；命大将秦开领兵攻打东胡，使东部版图进一步扩大。但燕昭王死后，燕惠王中了齐国的反间计，失去乐毅等大将后被齐国打败。秦国强盛后开始吞并六国的战争。在灭掉赵国后屯兵中山故地，准备攻取燕国。燕太子丹派荆轲刺杀秦王败露，荆轲被斩。燕王喜二十八年（前227年），秦大将王翦攻下燕都，燕王姬喜逃亡辽东，并斩太子丹向秦求和。公元前222年，姬喜在辽东被俘，燕国灭亡。自召公受封燕国，历823年，43位侯王。

春秋战国时期，在燕国蓟城西北部，居住着势力强大的山戎族，不断对燕、齐等国进行袭扰。1985年至1987年，考古工作者在延庆玉皇庙、古城村、葫芦沟三处发掘了大片山戎墓地，出土文物8000余件，建立了山戎文化陈列馆。

（三）秦至隋唐的辖治与割据

北京之地自秦至五代时期的1100多年，大部分时间归统一的中央政权管辖，或为诸侯王国，或为郡、州、县的建制；少部分时间形成军事割据，或被划为国。

秦灭燕到亡国，共15年。为了加强对燕地的控制，采取了三项措施。一是设置了广阳郡，管辖这一地区。二是拆除了燕国沿易水所建南长城，打通与华北及关中地区的联系。三是修建全国驰道至蓟城后，又延伸至今秦皇岛等地。到215年，派蒙恬将军北击匈奴后，连接加固了秦、赵、燕长城。"居庸关"因居住筑城"庸徒"而得名。

西汉（包括王莽和更始帝）231年的历史中，蓟城四度为诸侯王国的都城达198年，四度为郡治首府仅33年，其名称或为燕国、燕郡，或为广阳郡、广阳国、广有郡。东汉共196年。建国第二年渔阳太守彭宠叛乱，攻破蓟城自立为燕国，三年后被平息。后派几个渔阳太守治理，得以恢复和发展。东汉后期，黄巾起义爆发但被残酷镇压，东汉政权受到极大削弱，全国处于四分五裂的局面。蓟城中断了与东汉王朝的联系，处于北方军阀的战乱之中。

魏晋十六国南北朝时期共361年，蓟城地区多数时间已不受中央控制，成为北方割据的一个中心。曹操经官渡之战打败袁绍，基本统一北方，在蓟城设立征北将军府。西晋也很重视对蓟城地区的治理，蓟城保持了稳定发展。公元301年，幽州刺史王浚乘"八王之乱"割据幽州，312年宣告取代晋朝。314年王浚被羯族石勒擒杀，但蓟城落入鲜卑族之手。319年，石勒建立后赵政权，蓟城归入其版图。以后蓟城又历经前燕、前秦、后燕和北朝的北魏、东魏、北齐、北周等朝代占据。其中鲜卑慕容部建立的前燕，350年攻占蓟城，352年将国都从龙城（今辽宁朝阳）迁来，357年又迁至邺城（今河北临漳）。期间5年，是北方少数民族第一次在蓟城定都。

隋唐自581年至907年共326年，其中隋37年，唐289年。隋开皇三年（583年）废除燕郡，但很快在大业三年（607年）改幽州为涿郡。隋代修建了永济渠，形成了南起余杭、北达涿郡的大运河，全长两千多公里。唐武德年间（618—626年），涿郡复称为幽州。贞观元年（627年），幽州划归河北道。天宝元年（742年），幽州改为范阳郡，为诸镇之冠。幽州节度使部将、东北胡人安禄山受唐玄宗宠信，744年由平卢（今辽宁朝阳）节度使兼范阳节度使，750年又受封为东平郡王。755年安禄山以讨伐杨国忠为名发动叛乱。756年安禄山自立为帝，国号大燕，称雄武皇帝，以范阳郡为大都。不久安禄山集团内讧，757年安禄山被其子安庆绪杀死。759年，安禄山亲信史思明杀安庆绪，自称大燕皇帝，将幽州城（758年范阳复称幽州）改为燕京。两年后其子史朝义杀史思明篡位。763年，史朝义在唐军攻势下自缢，"安史之乱"平息。此后唐朝统治者为了换取河北地方势力的拥戴，分封河朔三镇，其中幽州卢龙镇（今北京）节度使为史朝义部将李怀仙。此后至913年后梁李存勖从山西攻下幽州共150年，这一地区实为军阀割据。

（四）辽南京

唐朝灭亡后，北方进入五代时期，从907年至960年共53年，即后梁、后唐、后晋、后汉、后周。唐末至五代初，军阀刘仁恭、刘守光割据幽州19年。后梁乾化元年（911年），刘守光称帝，以幽州为都城，国号大燕，为区别安禄山所建大燕，史称中燕，因统治残暴亦称桀燕。913年，被后来建立后唐政权的晋王李存勖攻灭。这时东北契丹势力日益强大，趁关内战乱南下袭扰。917年，契丹耶律阿保机派汉族降将卢文进率兵攻打幽州失败。928年，耶律德光又两次出兵攻打，均被击退。不久，后晋的建立者沙陀人石敬瑭为了打败后唐，投降契丹，在后晋天福元年（936年）将包括今北京在内的燕云十六州送给契丹，并向契丹称自己为儿皇帝。石敬瑭割让燕云十六州，为辽国或金国后来威胁后汉、后周、宋朝打开了门户。

契丹族属于东胡、鲜卑后裔，最早活跃在蒙古东南部的潢河与土河流域，即今西拉木伦河和老哈河，也就是辽河的上游。唐末五代初，契丹大踏步式发展。907年唐朝灭亡之时，耶律阿保机登上联盟长的宝座，在汉人和妻子述律氏的谋划与帮助下，于907年正式建立契丹国，做了皇帝。他非常崇拜汉高祖刘邦和其丞相萧何。926年，耶律阿保机在攻打渤海国的战争中死去，其次子耶律德光即位。938年，契丹升幽州为陪都，称南京析津府。契丹的首都为上京临潢府（今内蒙古赤峰巴林左旗），另外三个陪都为中京大定府（今内蒙古赤峰宁城）、东京辽阳府（今辽宁辽阳）、西京大同府（今山西大同）。契丹采纳汉人意见，建立朝廷制度，对不同地方"因俗而治"。938年（一说947年），契丹攻下开封，改契丹国号为大辽。南京析津府管理南京道，当时共有人口56.6万，占大辽总人口近50%。后周世宗于959年亲自率兵北伐攻辽，但中途因病退回。北宋初年宋太宗于979年消灭北汉后攻辽。辽景宗的皇后萧绰（萧燕燕）力主增援，辽将耶律休哥率兵与宋军战于高梁河（今北京市海淀区），保卫了南京。982年辽景宗去世，12岁的圣宗耶律隆绪即位，太后萧绰与丞相韩德让辅政。986年，宋太宗再次发兵三路攻辽。萧太后携年幼的圣宗亲临前线，耶律休哥采取游击战术，在宋将杨业死后大举反攻，最终夺取胜利。1004年，辽宋订立"澶渊之盟"，由长期对抗转变为睦邻友好，开始大规模的经济文化交流。辽代自907年至1125年，共218年。

（五）金中都

金是女真族建立的王朝。女真族是生活在东北白山黑水之间的一个古老民族。距离辽国较近受其管辖的为熟女真，距离较远不受其管辖的为生女真。女真族受到辽国的欺压和盘剥，双方矛盾不断加深。完颜阿骨打于1114年带领女真族誓师反辽，1115年正式登基建国，国号大金（含克铁之意），形成与宋、辽、西夏并立局面。宋为了攻打辽国，与金订立"海上之盟"。金攻下辽南京后交宋管辖，改为燕山府，仅两年。1125年，金兵分两路攻宋，占领燕山府后改名为南京。1127年攻下汴梁（今河南开封），掳走徽宗、钦宗二帝及幕僚眷属3000余人，北宋灭亡。徽宗之子赵构在归德（今河南商丘）登基称帝，在金军压力下迁都临安（今浙江杭州）。南宋建立后，形成南北对立局面。

金太祖完颜阿骨打于1123年死于征战途中，由太宗完颜晟即位。1135年熙宗完颜亶即位。1141年宋金"绍兴和议"后确定版图，淮河以北归金。海陵王完颜亮系金太祖之孙，1149年弑兄夺位。完颜亮为了加强对中原的控制，于1151年下诏在燕京建造宫室，1153年4月正式迁都，改燕京为圣都，不久改为中都，并改析津府为大兴府。完颜亮正式确定金朝五京名号为中都大兴府（今北京）、东京辽阳府（今辽宁辽阳）、南京开封府（今河南开封）、西京大同府（今山西大同）、北京大定府（今内蒙宁城西）。

完颜亮迁都使北京历史上第一次成为多民族大国的首都。他动用了120万人建设这座城市，将皇族贵戚全部迁来，为了断绝退路，还将旧都上京会宁府（在今哈尔滨市阿城区）的宫殿豪宅彻底夷毁。大批贵族官僚阶层进入中都，使得中都的商业迅速发展。金中都人口最盛时超过100万，城内居住着汉、女真、渤海、契丹、回鹘、突厥、波斯、大食等众多部族，各种文化得以交流融合。完颜亮不顾群臣反对，于1161年迁都开封，并率兵伐宋遭败，金军哗变。曹国公完颜雍在东京辽阳登基后，完颜亮被部将杀死。年底完颜雍率兵进入中都，恢复为首都。金世宗时注重减轻赋税，缓和民族矛盾，休养生息，使农业得到发展，商业繁荣，市场兴盛。在中都之东开通了潞河，潞城因此改名通州。于1192年在西面的永定河上建成一座石桥，当时称广利桥（今卢沟桥），使西南陆路各种货物可以直接进入中都。金代还首创了漕运形式，即从水路运送粮米到京城。从而金中都成为当时世界上最繁华的商业大都市。金世宗由此被称为"小尧舜"。

（六）元大都

当南宋、大金、西夏对峙和衰落之时，蒙古族在大草原逐步兴盛起来。1206年，蒙古各部落首领大会推举铁木真为大汗，号成吉思汗，建立大蒙古国。成吉思汗两次率兵攻入居庸关，对金中都形成巨大威胁。1214年，金宣宗因惧怕蒙古占领，不顾百官反对迁都南京（今河南开封）。当年农历五月，成吉思汗麾下大将木华黎开始围困金中都，至1215年5月攻下。蒙古占领后即废除中都之名，恢复燕京旧称，设立燕京路大兴府。1227年，成吉思汗病故。当年蒙古灭西夏。1234年蒙古联宋灭金，随后又与宋军展开激战。1251年孛儿只斤·蒙哥继汗位后，命其弟忽必烈主持中原军政。忽必烈遂在漠南营建开平府（今内蒙古锡林郭勒盟）。1260年忽必烈夺得汗位，以开平府为上都。1264年忽必烈下诏将燕京路改称中都路，府名仍为大兴。1271年，忽必烈正式改国号为"大元"。1272年改中都为大都，并定为国都。1274年正式迁都，上都开平改为避暑行都。1279年元灭南宋，实现国家统一。

1215年，蒙古军队攻破金中都后，进行了为期一个月的大屠杀，并纵火焚城，超过百万人殒命，几乎毁灭了这座城市。这是北京历史上第一次遭遇惨绝人寰的屠戮，史称"中都之屠"。大元建都和灭宋，使北京第一次成为统一中国的首都。从1267年开始，元在中都原址东北方向另建新城，规模扩大数倍，工程历时26年。元通过开挖南北大运河及发展海上航运，扩展了内外经济联系。还以大都为中心建立了通达全国的驿传系统，在保证政令传布的同时，促进了交通发展。另据《马可·波罗游记》叙述，京师蒙古人笃信藏传佛教，象为佛教祥兽，当时大都街上常有大象漫步。1328年，元泰定帝避暑死于上都开平，围绕即位称帝发生"两都之战"。元代把人分为四等，汉人和南方人分别为第三和第四等。1358年京师发生特大饥荒，饿死百姓20多万。同年农民起义的红巾军威逼中都，朝廷召四方军队援救，起义军退到山东。

（七）明北京

明太祖朱元璋的先辈是江浙人，因逃避税役流落濠州（今安徽凤阳）。朱元璋自幼放过牛、当过和尚，因不堪忍受欺压出走，流浪乞讨3年。他25岁加入红巾起义军，因战功显赫和治军有方受到提携。朱的部队很快强大，于1368年战胜元军和其他起义军后建立大明，以金陵应天府（今南京市）为首都。当年八月，徐达将军率部攻下元大都，改称为北平府，同年十月应军事需要划归山东行省。翌年三月改为北平承宣布政使司驻地。

朱元璋共有26个儿子。其长子朱标留在京师，第三和第二十六个儿子早亡。其余23个儿子都在全国各地封王。第四个儿子朱棣于1370年被封为燕王，驻守北平。1398年朱元璋病故，传位于长子朱标（其时已死）之子朱允炆。朱允炆即位后，采纳朝臣奏议，开始削弱地方政权，撤销朱元璋所封藩王。其各位叔父受到威胁，燕王朱棣于1402年发动"靖难之役"，推翻朱允炆夺得皇位。朱允炆至今下落不明。朱棣1403年升北平为北京，改北平府为顺天府。现在的北京系从此得名。朱棣自称帝后即酝酿迁都北京，1406年正式下诏，1407年开始修建皇宫。在此期间，他把北京暂称"行在"，且常驻于此，由其长子朱高炽在京师代为主政。1421年，大明正式迁都，以之为京师，称为"北京"。金陵应天府则作为留都，称"南京"。明仁宗的部分时期，则因其个人喜好，北京一度由首都降为行在，复称金陵应天府为京师。明英宗正统年间恢复北京京师的地位。从1421年大明迁都，到1644年李自成起义军攻入，崇祯皇帝在景山自缢，明朝灭亡，历时223年，北京城发生了很大变化，老北京的格局自此形成。

（八）清京师

满族的祖先在先秦时称肃慎，隋唐时称靺鞨，五代契丹统治时称女真。进入明代后，东北女真分化成建州女真、海西女真和东海女真三大部落。努尔哈赤出生于建州左卫，年轻时外出经商，会用蒙、汉语言和文字，投奔明军后屡立战功。1583年努尔哈赤的父亲和祖父被明军误杀，即袭父职为建州左卫都指挥。他不久起兵，开始统一各部女真的大业。1616年，努尔哈赤在赫图阿拉（今辽宁抚顺新宾满族自治县内）登汗位，建大金国，史称后金。三年后发"七大恨"檄文，开始向南征讨明朝统治政权。1626年努尔哈赤在攻打宁远时负伤而死，其第八子皇太极即位。1636年皇太极登基称帝，国号大清。皇太极统一东北和漠南后，1640年开始向中原进攻并大败明军。1643年皇太极病逝，其第九子6岁的福临即位，在其叔父睿亲王多尔衮等的辅佐下，继续攻伐明朝。

1644年，李自成起义军攻进北京，但在处理明山海关总兵吴三桂问题上失策，吴向清军投降。多尔衮率清军秘密入关，挫败李自成后，从朝阳门入城。福临九月抵达北京，十月初一行定鼎登基之礼，大清王朝自此迁都北京。清代称北京为京师、京城、顺天府，属直隶省。清朝政府在北京实行旗民分居政策，即满汉蒙八旗居住内城，非旗籍汉人和回民居住外城。旗人事务由九门提督管理，汉族、回族事务则交给顺天府衙门管理。1860年《北京条约》签订以后，外国使节和基督教传教士陆续进入北京，使馆集中在东交民巷，在城内新建了数座教堂。清自1644年入京至1912年被推翻共268年，是在北京定都最长的朝代，特别是康乾盛世时期，对国家的发展和老北京文化的形成，具有重大影响。

（九）中华民国初期的首都及定都南京后的北平

1911年武昌起义成功，清摄政王载沣被迫解散皇族内阁，任命袁世凯为内阁总理大臣。袁世凯一方面在长江北岸部署重兵防守，一方面提出议和条件。在英国公使斡旋下，12月开始议和。1912年1月1日中华民国临时政府在南京成立，孙中山就任临时大总统。自此出现南北两个政权。基于当时形势，孙中山发表声明，只要清帝退位他即行辞职，将临时大总统让位于袁世凯。2月6日南京参议院通过清室退位《优待条件》。2月12日，隆裕太后带着6岁的小皇帝溥仪在养心殿颁布《退位诏书》。2月13日，袁世凯通电支持民国，孙中山宣布辞职。孙中山对袁世凯就任大总统提出首都设在南京、在南京就任、遵守《临时约法》三个条件。袁世凯于2月29日策动兵变，以此作为拒绝南下的借口。他于3月10日在北京就任临时大总统，中华民国定都北京，并最终取消了《临时约法》。北京的地方体制仍称顺天府，1914年改为京兆地方，直辖于北洋政府。1915年12月，袁世凯决定恢复帝制，建立"中华帝国"，就任洪宪皇帝，准备1916年元旦正式登基。由于遭到全国反对，登基大典一再推迟，1916年3月22日宣布取消帝制。历时83天的"皇帝梦"结束。1917年6月14日，前清江南总督、一直梦想复辟的"辫帅"张勋，以调停府院之争为名进京，与清朝遗老密谋复辟。7月1日赶走总统黎元洪，拥戴12岁的溥仪重新登基复辟，张勋自任首席内阁议政大臣。全国各地纷纷反对，段祺瑞组成讨逆军讨伐，7月12日"辫子军"战败，溥仪再次宣布退位。清廷于1913年在皇宫举行隆裕太后大丧之礼，1922年举行溥仪迎娶皇后和妃子的大婚之礼。1924年10月23日，冯玉祥发动北京政变，11月5日把清室赶出紫禁城，清室被迫移居醇亲王府。

民初的北京政府，1912年至1916年是袁世凯统治，1916年至1920年由皖系军阀统治，1920年至1924年由直系军阀统治，1924年至1928年由奉系军阀统治。在这16年中，更换了数任总统和总理（包括代行总理职责者）。

1927年，国民政府在南京成立，再次出现南北两个政府对峙的局面。1928年国民革命军开始二次北伐。同年12月，奉系张学良宣布"东北易帜"，服从国民政府领导，北洋军阀统治自此结束。在此之前，1928年6月，国民政府撤销原京兆地方，改北京为北平，划为特别市。1930年6月，北平降格为河北省省辖市，同年12月复升为院辖市。1937年"七七事变"后，北平被日军占领，日伪政府将北平改名为北京，但未得到国民政府承认。1945年8月15日日本宣布投降，8月21日第十一战区孙连仲部接收北京，更名为北平。

（十）中华人民共和国首都——北京

1947年下半年，中国人民解放军对国民党军队展开全面战略反攻。

1948年东北野战军辽沈战役取胜后，于11月底秘密入关。11月29日发起平津战役，北京周边地区迅速解放。为了保护这座古城，中国共产党积极争取和平解放。经过三轮谈判，国民党华北"剿共"总司令傅作义于1949年1月22日在《关于和平解决北平问题的协议》上签字，率国民党军队25万人投降。1949年1月31日，北平和平解放，2月3日中国人民解放军入城。3月5日至13日，中国共产党七届二中全会在西柏坡召开。3月23日，毛泽东主席率领中央机关向北京进发，3月25日到达。毛泽东主席住在香山双清别墅，指挥解放全国的战役。4月21日发布向全国进军的命令，4月23日人民解放军占领南京。9月27日中国人民政治协商会议第一届全体会议通过《关于中华人民共和国国都、纪年、国歌、国旗的决议》，中华人民共和国的首都定于北京（北平复为此名）。1949年10月1日开国大典在天安门举行，中华人民共和国中央人民政府宣告成立。

二、北京古城风貌

20世纪60年代，考古工作者发掘了位于房山琉璃河边的董家林村的西周燕都遗址。考古工作者推测蓟城是在今宣武门至广安门一带。由于处于城区，被建筑物覆盖，尚未发现城墙遗址，但出土了不少文物。春秋战国时期，蓟城已成为燕国的都城。秦时被毁，以后复建。一直延续下来，辽南京和金中都就在这里。元大都以金中都东北的行宫为中心扩建，明清对皇宫和园林进行了改扩建。民国初期做了一些改造。

（一）辽南京和金中都

1.辽南京

辽南京城池周长11.5公里，有8座城门。北城墙大约在今头发胡同、白云观之北，永定河引水渠之南；东城墙在今宣武门西面校场五条一线；西城墙在今会城门，莲花河就是护城河；南城墙在今白纸坊东、西街一线。宫城建在城市的西南角。城内与八座城门相连有四条大道，并有一个大市场。城内外建有风景名胜，供皇室玩赏和接待宾客。城内有悯忠寺（今法源寺，建于唐代）、水平馆、内果园、长春宫等。城外有城南亭、望京馆、孙侯馆等。今北海公园水域当时已经开辟，另有廷芳淀在今通州。

2.金中都

金中都在辽南京基础上扩建，周长将近19公里，有13座城门。北城墙位置未变，东、西、南城墙各向外扩展3里。东城墙在今陶然亭一线，西城墙在今丰台区高楼村南北一线，南城墙在今右安门外凉水河以北一线。城墙全部由夯土筑成，在丰台区凤凰嘴村有一处20米长的遗址。皇城位于中都城内偏西南处，周长9里多，有4座城门。皇城北部为宫城。部分遗址已经勘探发掘出来。

（二）元大都

1215年蒙古军队占领金中都后，对此城市进行了毁灭性摧残。准备建元和迁都后，于1267年决定在金中都的东北部建立新城，由汉官刘秉忠主持修建，至1293年建成。元大都呈南北长方形，周长28.6公里，面积约50平方公里。城墙用土夯筑而成，共有11座城门。北城墙沿今北京服装学院东墙至学院路的元大都遗址，南城墙沿今长安街一带，建国门外古观象台为元大都东南角楼旧址，东、西城墙与上述南北城墙四点接通。元皇宫选在金朝的行宫万宁宫，在明清皇宫靠西一些。北边先以中心阁确立中心点，中心阁以北建钟楼和鼓楼。皇宫正殿为大明殿；寝宫为延春阁；还建有太子所用的隆福宫，以后又建了兴圣宫。在延春阁、隆福宫、兴圣宫中间是太液池，太液池中间是万岁山。在皇宫南面有一座成为"灵囿"的园子，是北京最早的动物园。城南的"下马飞放泊"，城东的"柳林行宫"湿地（在今通州），都是皇室游猎的地方。这些都反映了蒙古人"逐水草而居"的特点。

（三）明清北京城

1368年朱元璋派大将军徐达攻占元大都后，感到人口较少、城市太大，为便于管理和防卫，将元代北城墙收缩，在今北二环路一线建起分割的土城。明朝朱棣封燕王时，王府在原隆福宫。1403年决定迁都后重新规划构建京城（后亦称内城），将元大都南城墙南移约1公里，北城墙按已收缩的位置。依元皇宫东移，以景山为全城中心点，在南侧建紫禁城。嘉靖年间扩建了南部的外城。清代城市格局基本未变，但更改了很多皇宫大门及宫殿的名称，新建了不少皇家园林。

1. 明清都城的营建理念

《周礼·考工记》称："匠人营国，方九里，旁三门，国中九经九纬，经涂九轨，左祖右社，面朝后市，市朝一夫。"《吕氏春秋·慎势》称："择天下之中而立国，择国之中而立宫。"老北京都城，基本是按这些规制修建的。其所包含的文化理念，这里按"皇权至上、内和外安、封闭分割、等级森严"四个方面，加以叙述。

"皇权至上"。明清皇宫称为紫禁城。"紫"是缘紫微星垣（北极星）高居中天，众星环绕，是天帝之所居，皇帝是天帝之子，所以叫紫宫；而皇帝的所居，必然宫禁森严，故称紫禁城。皇宫前的天安门，原称承天门，也是皇权天授之意。皇宫以宏伟辉煌的建筑居于中央，表明一切都要以皇权为中心。

北京城的最大特色，是有一条南北中轴线，形成全城的脊梁。皇宫的主要殿宇，都建在中轴线上。皇帝的所谓"龙椅"，也正压中轴。这都是居中方正、至高无上的体现。中轴线即子午线。"子"为地支第一位，夜11时至1时，也指北；"午"为地支第十位，昼11时至1时，也指南。明清北京城的中轴线，是从永定门到钟楼，全长7748米，其中永定门至正阳门内的中心点3100米，正阳门内的中心点至钟楼4648米。

"内和外安"。"和"字蕴含和睦、和顺、和谐、和平之意。紫禁城太和、中和、保和三大殿，太和、协和、熙和三门，都突出一个"和"字。"安"字蕴含安定、安宁、安全之意。皇城四座城门和天安门外的东西侧门，都有"安"字，即天安、地安、东安、西安、长安左、长安右，内城和外城也有永定门、安定门、广安门、左安门、右安门等。宫内企和，城周企安，这是历代王朝的最大愿望，但在封建统治时期，实际上很难实现。

"封闭分割"。封建时代建设的都城大都是封闭的。老北京四重古城都有城墙，而且城门开设得不多。在城中，包括在紫禁城内，建有各式各样的院落。这些院落都按一定的规制建设，都用墙壁围拢，并与其他院落和街市分割。这种庭院式建筑，体现的是那时的社会发展水平和人们的相互关系。

"等级森严"。明清城市布局、建筑规格，都有严格的高低贵贱之分。尤其清代是满族政权，对城市功能和人口分布做了很大调整。衙门机构、皇亲国戚、文武官员及其他满蒙族人处于皇城和内城。八旗在内城也有固定的分布。绝大部分汉人和满蒙以外少数民族人口居于外城。

2. 四重古城

明清京城有四个层次，即宫城、皇城、内城和外城。

（1）宫城。宫城即皇宫，也就是紫禁城。紫禁城占地72万平方米，有殿宇房屋9000多间，建筑面积约15万平方米。宫墙周长3400余米，有午门、东华门、西华门、神武门四座城门。墙外有宽52米的护城河。

（2）皇城。皇城围在紫禁城之外。其南城墙从天安门向两端延伸，现今大部分得以保留；北城墙在今平安大街位置；东西城墙在东、西皇城根位置，其中东边于2001年建成了"皇城根遗址公园"。皇城西南部未能形成方角，所缺部分原来是一座很大的寺庙，在修建皇城时不便拆除。皇城有四座城门，正面即天安门，其东西两侧分别有长安左门和长安右门；与天安门相对应的是北城墙中轴线上的地安门；东城墙有东安门，西城墙有西安门，分别与紫禁城的东华门和西华门相对。

（3）内城。内城以高大城墙环围，在扩建外城之前，是整个城市的边界。内城南城墙在今"前三门"大街的位置，东、西、北城墙在今东、西、北二环路位置。内城共有9座城门：南面3座，东、西、北面各2座。南城墙正中为正阳门（初称丽正门，习称前门），东边为崇文门，西边为宣武门；东城墙南为朝阳门、北为东直门；西城墙南为阜成门、北为西直门；北城墙东为安定门、西为德胜门。这就是通常所说的"四九城"的"九门"。

（4）外城。明嘉靖三十二年（1553年），为防御塞外骑兵骚扰，按照"城必有郭，城以卫君，郭以卫民"的规制，开始修建外城。原准备沿四周修120里，但因财力不足，只在南面修了28里。外城开了7座城门，南面中为永定门，东为左安门，西为右安门；东面南为广渠门，北为东便门；西面南为广宁门（清代避道光帝名讳改为广安门），北为西便门。城墙外也挖了护城河。清代曾有朝臣建议补修其他外城，但未能如愿。

北京外城以商市为主，不符合"面朝后市"的规制。这主要是元代从辽金城址向北迁移，但在南部还留有老城，明嘉靖年间扩建外城时围圈了老城所造成的。外城工商业聚集，前门外是综合商市；崇文门外因离漕运较近，集中了粮市；宣武门外会馆较多，集中了书画、文房四宝和古玩市场，琉璃厂就是这样形成的。

3. 皇家园林

北京作为古都，皇家园林规模宏大、建造精美。特别是清代，在城内和西北郊营建和改造了数处皇家园林。

（1）景山。景山在元代是个小山丘，称为青山，归于皇家御苑。明代修建紫禁城在此堆煤，俗称煤山。用挖掘护城河的土堆高后，称为万岁山或镇山，相对高度为45.7米，海拔高度为94.2米。1928年辟为景山公园，现占地面积约23万平方米。明清两代，景山不仅是皇家御苑的组成部分，也是紫禁城后面的座靠。景山是北京内城的中心点，南北中轴线向两端延伸。景山顶部有五个亭子，原来亭内各有一尊佛像，1900年被八国联军劫走，现只有万春亭的佛像已经恢复。山后有一片较大的柏林，正中的寿皇殿是祭祀先皇之地，皇帝驾崩入葬之前，在此停放灵柩。东侧登山石阶道口之上，是明思宗自缢的地方。

（2）西苑三海。"西苑三海"指明清皇宫西边的北海、中海和南海。辽金时期这里是京城东北郊的宫苑；元代依北海区域的山水营建皇宫，称作万寿山和太液池；明清时期为西苑。今北海公园占地面积约71

万平方米，其中水面约39万平方米。琼岛位于南半部，山顶的白塔为清顺治八年（1651年）建造，南侧还有永安寺。北海南面有团城。中海与北海以金鳌玉蛛桥（今北海桥）为界，南海与中海以蜈蚣桥为界。中海的著名景点有蕉园、万善殿、紫光阁、水云榭等。南海是明代扩大的水面，其中心就是著名的瀛台，三面环水，由石拱长桥与岸边相连。

（3）三山五园。"三山"指万寿山、玉泉山和香山，"五园"指颐和园（包含万寿山）、玉泉山静明园、香山静宜园、圆明园和畅春园。

颐和园主要由万寿山和昆明湖组成，占地面积约290万平方米，水面占四分之三。该园在金代为西山八院之一的"金水院"。明代称"好山园"。清乾隆年间建成为清漪园，修建了大恩延寿寺，并把原瓮山改名为万寿山、金水改名为昆明湖。1860年遭到英法联军严重毁坏。1886年慈禧太后挪用3000多万银两的海军军费修复，之后改名为颐和园。1900年又遭八国联军破坏，1902年再度修复。

玉泉山静明园在辽金时期就是帝王避暑行宫，元代建有昭化寺，明代建有华严寺。清代增建了"康熙十六景"和"乾隆十六景"。原"玉泉垂虹"在乾隆年间改为"玉泉趵突"，为"燕京八景"之一。英法联军和八国联军侵入时遭到严重破坏。现存有玉峰塔、华藏寺、华严洞等景观。

香山因其主峰玉峰山顶有两块巨石形似香炉而得名，在金代建有香山寺和行宫。清代建成香山静宜园。亦遭英法联军和八国联军破坏。现在的香山公园占地约160万平方米，已修复的景点有见心斋、昭庙、勤政殿等。

圆明园为明代所建，清代康熙赐给雍亲王胤禛，雍正、乾隆、嘉庆年间都进行过大规模扩建。加后建的长春园和万春园，如今总占地面积约347万平方米。园内原建筑面积16万多平方米，景区景点140多处，木石桥梁100多座。圆明园集中华园林建设之大成，并借鉴了欧洲建筑风格，堪称"万园之园"。被英法联军和八国联军焚烧殆尽的圆明园遗址，现在作为爱国主义教育基地，并供游览休闲。近年进行考古发掘和部分复建。

畅春园系清康熙年间所建，在圆明园以南，占地约60万平方米，原有较大湖面和多处精美景观。康熙帝及乾隆帝生母崇庆皇太后先后长期居住。与其他园林一样被英法等侵略者毁坏，未再修复。原址现主要为北京大学宿舍区。

（4）燕京八景。老北京早有"燕京八景"之说。如"卢沟晓月"在金代建桥后就已形成。清乾隆年间，经过梳理和定名，正式确定了"燕京八景"，乾隆帝为每一处景观题名并赋诗，镌刻在所立的景碑上。其中"琼岛春阴""太液秋风"处在"西苑三海"，"西山晴雪""玉泉趵突"处于"三山五园"，另外四景为"卢沟晓月""金台夕照""蓟门烟树""居庸叠翠"。

4. 神坛、寺庙和教堂

民间有老北京皇家"九坛八庙"之说。在新中国成立前夕，北京共有寺庙1920座。

一般说的皇家九坛即社稷坛、天坛、地坛、祈谷坛、朝日坛、夕月坛、太岁坛、先农坛、先蚕坛。有的是修建紫禁城时所建，有的是嘉靖年间增建。其中按左祖右社规制，在皇宫前右侧建社稷坛（左侧为太庙），以祭土地和五谷之神，今为中山公园。在内城之外的东南部建有天坛，东北部建有地坛；在天坛的西南侧建有先农坛；在内城之北建有先蚕坛，后移至西苑之内。在内城之外的东南部建有日坛、西南部建有月坛。这些分别是祭天神、地神、太阳神、月亮神和农神等的场所。祈谷坛在天坛之内，太岁坛在先农坛之内。

一般说的皇家八庙即太庙、奉先殿、传心殿、雍和宫、文庙、历代帝王庙、寿皇殿、堂子。明初在紫禁城前左边建太庙（今为劳动人民文化宫），以祭皇帝祖先。奉先殿、传心殿在紫禁城内。雍和宫是清乾隆皇帝在其父住所雍王府建造的。文庙即孔庙，在成贤街，与国子监相邻。历代帝王庙始建于明嘉靖年间，清代进行了改造，祭祀历朝皇帝及贤相名将。寿皇殿在景山背面，为明代所建，清代向东移动以居正中。堂子原在皇城的东南角，现已失存。

佛教传入北京较早，有寺庙1000多座，其中城内有400多座，外城东南部有100多座，西北部郊区有500多座，故有"西山五百寺"之说。西郊的潭柘寺始建于西晋永嘉元年（307年）。隋代流传的云居寺石经被称为"国之重宝"。法源寺（原悯忠寺）系唐代为纪念征辽烈士所建。白塔寺为辽初建，元代扩建。大觉寺为辽代所建。碧云寺为元代所建。真觉寺（五塔寺）、觉生寺（大钟寺）、智化寺、法海寺、大慧寺、慈寿寺为明代所建。

道教在北京最著名的是白云观，初建于唐开元二十六年（738年），原名天长观，金代改为白云观，元明毁于火，明清重修和扩建。明弘治帝建有玄福宫（回龙观），现已失存。

北京现有的68所清真寺，大部分建于元明时期。其中规模最大的为牛街礼拜寺，建于辽代，明初进行了重修。

自元代开始，基督教各教派先后传入北京。现有17座天主教教堂、8座基督教新教教堂。

5. 避暑山庄

承德避暑山庄是京城之外最大的皇家园林，清帝每年有较长时间在这里居住避暑，并处理朝政，其功用是紫禁城的延伸。避暑山庄从康熙四十二年（1703年）开始兴建，经雍正年间，至乾隆五十七年（1792年）全部建成，历时89年。它与颐和园、苏州的拙政园和留园并称"四大名园"，与北京故宫、曲阜孔庙并称三大古建筑群。山庄占地560多万平方米，分宫殿区、湖泊区、平原区、山峦区四个部分。有清代皇帝题名的72景（康熙、乾隆各题36景）。1860年英法联军攻占北京城，咸丰皇帝带着一批大臣逃到这里。清廷在修建避暑山庄的同时，还修建了12座宏大的庙宇，其中藏传佛教寺庙8座（加附属1座共9座），直接归清廷理藩院所管，且地处北京和长城之外，故称为"外八庙"。清帝多次在这里接见远道而来的少数民族领袖。

6. 京北长城

春秋战国时期，燕国建有长城。秦统一后，把秦、赵、燕国所修长城连接起来。后来的北魏和其后的东魏、北齐都曾修建和加固长城。明朝初年，朱元璋命徐达将军修筑长城。以后各帝都把修筑长城作为重要的边防要务。隆庆、万历时期，谭伦、戚继光镇守边关，亲自督修长城。明代形成了自山海关至嘉峪关约6700公里的长城，基本沿以往长城的线路，但都进行了重修和加固，沿长城设置九个军事重镇，形成了坚固的防御体系。今供游人参观的司马台长城、慕田峪长城，都是明朝初年修建。司马台长城被史学家称为"中国长城之最"。八达岭长城为弘治年间所建，嘉靖至万历年间进行了修葺。

7. 皇家陵墓

（1）明皇陵。明朝的16个皇帝，13个皇帝葬于今昌平区明十三陵。另3个皇帝：明太祖朱元璋的陵墓在南京，明惠帝朱允炆在"靖难之役"中下落不明，明代宗朱祁钰因被废除帝号（后追认）葬于玉泉山。

（2）清皇陵。清朝共有12个皇帝，进京前的清太祖努尔哈赤、清太宗皇太极的陵墓在沈阳，其余10个皇帝分别葬于河北遵化的清东陵、河北易县的清西陵。清东陵有顺治、康熙、乾隆、咸丰、同治五帝，清西陵有雍正、嘉庆、道光、光绪四帝。1995年末代皇帝溥仪骨灰从八宝山公墓迁入清西陵区域，修建了溥仪墓。慈禧太后葬在清东陵。

（四）民国北京城的变化

北京作为中华民国初期的首都，主要发生了以下变化：

1. 拆墙建路

民国初定都后，老北京皇城、内城和外城的三重城墙，严重制约城市交通。1915年打通了天安门前的长安左门和长安右门，扩展延伸东西长安街，在内城城墙新开了启明门和长安门（今建国门和复兴门）。1916年1月1日，建成了沿内城城墙的环城铁路，基本是现在的地铁2号线位置。随后陆续把内城城墙的其他城门打通，相应扩建道路。1917年拆除了东安门以南的皇城东墙，1923年起全部拆除了东、西、北皇城围墙。修建了城内的有轨电车和到郊区的汽车线路。

2. 城市转型

清朝内城和皇城除宫殿外，主要是衙门机构和皇族贵胄居用。民初工商业加快发展，一些王府相继变卖，有的改建为政府衙署，有的成为学校、医院等。民初重视兴办教育。清末于1898年利用原乾隆帝四女和嘉公主旧宅开办的京师大学堂，1912年被改为北京大学。1928年把原清华学堂改为国立清华大学。1919年基督教会购买睿亲王府邸，开办了燕京大学。民初还开办了中国大学、私立华北大学、私立民国大学、私立中华大学、国立北京师范大学、北京医学院、京师女子师范学堂、国立艺术专科学校等。

3. 开放宫殿和园林

1913年设立故宫博物院，开放三大殿；1925年故宫其他部分开放。1914年开放社稷坛称中央公园，1924年开放太庙称和平公园。1918年开放天坛，1925年开放地坛称京兆公园，日坛、月坛也相继开放。1914年颐和园、玉泉山开放。1925年北海开放，1928年景山开放，1929年中南海开放。

4. 民初府院

1913年10月袁世凯正式任中华民国总统后，确定总统府设在中南海，把原来围墙打开一个八字，宝月楼改为新华门，作为总统府大门。民初把位于原象来街的清廷资政院扩建为国会，1913年第一届国会开幕典礼、1923年的曹锟贿选事件均在此地。留存的国会建筑在今新华社院内。位于铁狮子胡同东口的大院（现张自忠路3号），原为清朝的陆军、海军总部，民初曾为段祺瑞执政府，1926年"三一八"惨案在此发生。

三、北京当今发展

1949年中华人民共和国成立定都北京，使这座古老的城市获得新生。经过68年发展，北京发生了翻天覆地的变化，成为既古老又现代、既恢宏又美丽的大国首都。但随着城市规模的扩大，也出现不少新的问题。2014年2月，习近平总书记视察北京，明确了"全国政治中心、文化中心、国际交往中心和科技创新中心"的战略定位，指明了发展方向。2015年3月，国家出台了《京津冀协同发展规划纲要》。《纲要》确定京津冀协同发展的总体布局为"一核、双城、三轴、四区、多节点"。"一核"是指北京是京津冀协同发展的核心；"双城"是指北京、天津是协同发展的主要引擎；"三轴"是指沿京津、京保石、京唐秦三个通道的发展轴；"四区"是指中部核心功能区、东部滨海发展区、南部功能拓展区、西北部生态涵养区；"多节点"是指河北省各城市的发展。2017年2月，习近平总书记再次视察北京；4月，中共中央、国务院做出了关于设立雄安新区的决定；6月，中共中央政治局常委会议专题研究北京城市总体规划；9月，中共中央、国务院批准了《北京城市总体规划（2016—2035）》。

（一）政治中心，核心功能

北京作为中华人民共和国的首都，首先是全国政治中心。中共中央、国务院、全国人大、全国政协、中央军委驻在这里，有数个党政军群工作机构。"中南海"是中共中央和国务院所在地。"天安门广场"是国家举行重大活动的地方，国家最高权力机构——全国人民代表大会在这里的人民大会堂召开会议。"中南海"和"天安门广场"被看作是国家的大脑和心脏，是国家最高权力的象征。天安门广场南北长880米，东西宽500米，面积为44万平方米。广场共有6座大型建筑。它们的高度由高到低依次为人民大会堂、中国国家博物馆、正阳门、人民英雄纪念碑、天安门、毛主席纪念堂。除天安门和正阳门外，四座建筑为新中国成立以来相继建成。现在的天安门系1970年拆除重建的，高度为34.7

米，比原来加高了0.83米。1984年又进行过修葺。

按照新的规划，政治中心建设要为中央党政军领导机关提供优质服务，全力维护首都政治安全，保障国家政务活动安全、高效、有序运行。严格管控中心城区建筑高度，治理安全隐患，以更大范围的空间布局支撑国家政务活动。

本书"新貌篇"中，《中南海》《天安门广场》《大阅兵》《长安街》《人民大会堂》《政协礼堂》《中纪委》《最高法院》《最高检察院》《八一大楼》《工青妇》《人民日报》《新华社》《中央电视台》等14首，是对政治中心功能的呈现。

（二）文化传承，古都风韵

北京的历史文化底蕴非常深厚。建国初期，著名建筑学家梁思成建议对老北京进行全面保护，使之成为一个城市博物馆，在一定距离以外另建一座现代城市，但他的建议未被采纳。北京城墙和一些古建的拆除，对古都风貌有较大损毁，但在中心城区进行了适当保护。随着时代的发展，古都保护更加得到重视。为了保护古都风貌，北京城市建设是按"内低外高"规划的，形象的说法叫作"锅底型"。特别是划设了"故宫缓冲区"，对周边的老旧平房实行整体保护，严格控制中心城区的建筑高度。站在景山顶上环顾四周，南面、西面和北面保护得较好，东面要差一些。据说著名建筑大师贝聿铭先生在此俯瞰后，认为古城保护还说得过去，但一定不能再拆了。

按照新的规划，文化中心建设要充分利用北京文脉底蕴深厚和文化资源集聚的优势，发挥首都凝聚荟萃、辐射带动、创新引领、传播交流和服务保障功能，把北京建设成为社会主义物质文明和精神文明协调发展，传统文明与现代文明交相辉映，历史文脉与时尚创意相得益彰，具有高度包容性和亲和力，充满人文关怀、人文风采和文化魅力的中国特色社会主义先进文化之都。完善历史文化名城保护体系，包括老城、中心城区、市域和京津冀四个层次的历史文化名城保护；老城和三山五园地区的整体保护；推进大运河文化带、长城文化带、西山永定河文化带的保护利用；加强世界遗产和文物、非物质文化遗产等保护传承与合理利用。

本书在"古韵篇"叙述了古都文化的保护和传承。"新貌篇"中，《国家图书馆》《民族文化宫》《农业展览馆》《军事博物馆》《美术馆》《国家大剧院》《大观园》等7首，是对文化中心功能的呈现。

（三）对外交往，大国风范

北京作为伟大祖国的首都，是当然的国际交往中心。党和国家领导人的外事活动，主要在中南海、人民大会堂、钓鱼台国宾馆等地进行。外国嘉宾和国际友人来访，还下榻北京饭店、友谊宾馆、国际饭店和近年来新建的多座大型高档酒店。中华人民共和国外交部矗立在朝阳门外，商务部处在东长安街上。截至2017年6月30日，我国已与175个国家建立了外交关系。在北京朝阳门外日坛公园东侧和城东北三环路内，分别建有两个使馆区。美国、俄罗斯等大国在另外较大区域建有使馆。使馆区环境优雅、秩序良好，辅有多处外交人员公寓，为各国大使馆和有关国际组织提供工作和生活保障。

进入21世纪以来，我国举办大型国际活动和国际体育赛事日益增多。2008年北京奥运会和残奥会成功举办，带动了体育设施建设和改造。"鸟巢"、"水立方"和奥运村等有力保障了奥运会的举行，留下了深刻的时代印记。作为标志性的城市景观，后续利用情况良好，已成为重要的观光游览和休闲的场所。2014年11月，亚太经合组织领导人非正式会议在北京怀柔召开，为此所建的雁栖湖国际会都（APEC中心），包括雁翅楼（汉唐飞扬）、雁栖塔、国际会展中心，以及日出东方酒店，典雅别致，相映成趣。2017年5月，成功举办了"一带一路"国际合作高峰论坛，此地和国家会议中心作为主场。

按照新的规划，国际交往中心建设要着眼承担重大外交外事活动的重要舞台，服务国家开放大局，持续优化为国际交往服务的软硬件环境，不断拓展对外开放的广度和深度，积极培育国际竞争新优势，发挥向世界展示我国改革开放和现代化建设成就首要窗口作用，努力打造国际交往活跃、国际化服务完善、国际影响力凸显的重大国际活动聚集之都。着力建设好重大外交活动区、国际会议会展区、国际体育文化交流区、国际交通枢纽、外国驻华使馆区、国际商务金融功能区、国际科技文化交流区、国际旅游区、国际组织集聚区。

本书"新貌篇"中，《外交部》《使馆区》《钓鱼台国宾馆》《北京饭店》《鸟巢》《水立方》《迎冬奥》《APEC中心》《"一带一路"》等9首，是对对外交往中心功能的呈现。

（四）科技创新、引领驱动

北京作为国家的科技创新中心，具有坚实的基础。中国科学院、中国社会科学院统领全国自然科学和哲学社会科学研究，辅以多座各领域和门类的顶级科研院所。中关村国家自主创新示范区成为最大的科技园区，聚集了万余家科技创新企业和研发机构，2015年实现总收入40668亿元，其中技术收入5479亿元、新产品销售收入4294亿元。位于西北郊的航天城，是我国的航天科技中心、发射指挥中心和训练中心。在这里学成练就的天之骄子遨游太空。

北京教育资源十分丰厚。高、中、初等教育门类齐全，结构合理。北京大学、清华大学蜚声中外，还有一批知名院校，每年为国家培养大量高素质的创新创业人才。中共中央党校、国家行政学院是为党和政府培养领导与管理人才的最高学府。

北京作为首都，总部经济特色明显。西二环东侧的金融街，聚集了各大银行和保险、证券公司总部。在正在建设的商务中心区和东二环等主要街区，中央国有企业、大型民营企业、跨国集团公司、新兴传媒公司林立，许多已跻身于世界500强之列。

按照新的规划，科技创新中心建设要充分发挥丰富的科技资源优势，不断提高自主创新能力，在基础研究和战略高技术领域抢占全球科技制高点，加快建设具有全球影响力的全国科技创新中心，努力打造世界高端企业总部聚集之都、世界高端人才聚集之都。建设好中关村科学城、怀柔科学城、未来科学城、创新型产业集群和"中国制造2025"创新引领示范区。

本书"新貌篇"中，《科技会堂》《航天城》《贺天宫二号发射》《中关村》《可燃冰》《北京大学》《清华大学》《中央党校》《金融街》《商务中心区》等10首，是对科技创新中心功能及引领驱动作用的呈现。

（五）综合交通，四通八达

交通网络是城市的骨架。从20世纪90年代开始，北京陆续建成了二环至六环5个环路，全长432.5公里。期间还建成了横贯东西的平安大街、两广路等干道。北京从20世纪60年代开始修建地铁，本世纪加快了建设步伐，轨道交通已经形成网络。北京对外已形成了空地立体交通网络。铁路有北京站、北京西站、北京南站、北京北站等大型枢纽。已有京港澳、京沪、京哈、京昆、京藏、京新等高速公路。北京首都机场为全国最大的复合型航空枢纽，南苑机场作为辅助，通航全国各主要城市和世界50多个国家的100余个城市。正在建设的新机场，将成为复合型国际航空枢纽。2015年末北京市机动车保有量为561.9万辆，比2010年末增加81万辆。2016年为571.8万辆，比上年增加9.9万辆。

按照新的规划，北京将通过标本兼治，缓解城市交通拥堵。坚持公共交通优先战略，着力提升公共交通服务水平，构建安全、便捷、高效、绿色、经济的综合交通体系。建立分圈次交通发展模式，打造一小时交通圈：第一圈层（半径25～30公里）以地铁和城市快速路为主导；第二圈层（半径50～70公里）以区域快线和高速公路为主导；第三圈层（半径100～300公里）以城际铁路、铁路客运专线和高速公路构成综合运输走廊。到2020年前轨道交通里程增加到1000公里左右，到2035年不低于2500公里；到2020年公路网总里程力争达到22500公里，到2035年超过23150公里。拓展和完善以高速铁路、高速公路和民航航线为主导的对外综合交通运输体系。

本书"新貌篇"中，《环城路》《拥堵》《地铁》《京承高速》《火车站》《首都机场》《新机场》等7首，描写北京城市交通和综合运输体系建设及存在的问题。

（六）疏解整治、生态文明

按照"四个中心"的战略定位，北京正有序疏解非首都功能，优化首都核心功能，集中解决大城市病问题。到2020年，有序疏解非首都功能要取得明显成效，一批企业、教育医疗等公共服务机构、行政事业单位有序疏解迁出，四环内区域性物流基地、区域性专业市场调整迁出，各类承接平台基本建成，功能区域完善。2015年北京市常住人口为2170.5万人，比2010年增加208.6万人，增量比"十一五"时期减少50.8%。2016年为2172.9万人，比上年增加2.4万人。其中户籍人口1362.9万人，占常住人口的62.7%。2020年常住人口要控制在2300万人以内，2020年以后长期稳定在这一水平。调整人口空间布局，城六区常住人口在2014年基础上每年下降2～3个百分点，争取到2020年下降约15个百分点，控制在1085万人左右，到2035年仍控制在这个总量以内。

北京大气污染严重，正在加紧治理之中。2015年细颗粒物（PM2.5）和可吸入颗粒物（PM10）年均浓度值分别为80.6微克/立方米和101.5微克/立方米，分别比上年下降6.2%和12.3%。二氧化氮和二氧化硫年均浓度值分别为50微克/立方米和13.5微克/立方米，分别比上年下降11.8%和38.1%。2016年细颗粒物（PM2.5）年均浓度值为73微克/立方米，比上年下降9.5%。至2020年，要下降到56微克/立方米左右，到2035年大气环境质量得到根本改善，到2050年达到国际先进水平。

北京水资源十分缺乏。2015年全年水资源总量为29.29亿立方米，全年总用水量为38.2亿立方米。2016年这两个数字分别为35.1亿立方米和38.8亿立方米。平原地区地下水埋深1980年为6.7米，1998年为11.8米，2015年末为25.6米，比1980年下降18.9米，比上年下降0.1米。2016年出现回升，年末为25.2米。南水北调工程建成送水，使水资源短缺的矛盾得到一定缓解。全市重视水资源保护和有效利用，加强水利工程建设，恢复和扩大了城区的部分水面。至2020年，全年用水总量要控制在43亿立方米以内，到2035年符合国家要求。

2015年，全市森林覆盖率为41.6%，2016年为42.3%，比上年提高0.7个百分点。北京西北部山区较早进行了绿化。近年来建成了防护绿化地带，已有31家森林公园。城区原有公园进行了较大改造，新建了奥林匹克公园、朝阳公园等大型园林，以及元大都遗址公园、皇城根遗址公园等绿化带，在香山和北京植物园地带，建成了绿化步道。长安街、二环至六环路沿线两侧较好地进行了绿化。按照新的规划，北京正在构建"一屏、三环、五河、九楔"的市域生态空间结构。"一屏"即山区生态屏障；"三环"即一道绿隔城市公园环、二道绿隔郊野公园环、环首都湿地公园环；"五河"即永定河、潮白河、北运河、拒马河、泃河为主构成的河湖水系；"九楔"即打通九条连接中心城区、新城及跨界城市组团的楔形绿色生态空间。建设森林城市，到2020年，全市森林覆盖率提高到44%，到2035年不低于45%。其中平原地区森林覆盖率到2020年提高到30%，到2035年达到33%。

本书"新貌篇"中，《南水北调》《绿化》《PM2.5》《植物园》《十渡》《龙庆峡》《白龙潭》《"人从众"》《大医院》《学区房》等10首，描写生态建设和疏解整治。

（七）宏伟蓝图，大美之都

习近平总书记两次视察北京和专题研究北京城市总体规划的重要讲话，确立了"四个中心"的战略定位，深刻阐述了"建设一个什么样的首都，怎样建设首都"这个根本问题。中共中央、国务院发布和批准的《京津冀协同发展规划纲要》《北京城市总体规划（2016—2035）》，描绘了新的蓝图。

对于建设一个什么样的首都，新版《北京城市总体规划》指出，站在新的历史起点上，就是要建设好伟大社会主义祖国的首都、迈向中华民族伟大复兴的大国首都、国际一流的和谐宜居之都。《规划》对政治中心、文化中心、国际交往中心和科技创新中心建设分别提出了要求，本文以上相应段落分别做了摘引。《规划》强调控制城市规模，提出"一核一主一副、两轴多点一区"的空间布局。一核即首都功能核心区；一主即中心城区（城六区）；一副即北京城市副中心；两轴即中轴线及其延长线、长安街及其延长线；多点即5个位于平原地区的新城（顺义、大兴、亦庄、昌平、房山新城）；一区即生态涵养区，包括门头沟区、平谷区、怀柔区、密云区、延庆区，以及昌平区和房山区的山区。对于怎样建设首都，《规划》指出，必须抓住京津冀协同发展战略契机，有序疏解非首都功能，优化提升首都功能。与此同时，对科学配置资源要素，实现城市可持续发展；加强历史文化名城保护，强化首都风范、古都风韵、时代风貌的城市特色；提高城市治理水平，让城市更宜居；加强城乡统筹，实现城乡发展一体化；深入推进京津冀协同发展，建设以首都为核心的世界级城市群等，做了全面部署。全市正认真贯彻落实习近平总书记重要讲话精神，全面实施纲要和规划。

本书"新貌篇"中，《一主一副》《众星拱月》《雄安新区》《登盘山念京津冀携手》4首，是写城市空间布局和协同发展。实现既定目标，需要付出艰苦努力。坚持"四个中心"战略定位，有力推进各项建设，泱泱大国的大美之都，一定会更加多姿多彩。

后记

一次冲动与一个夙愿的契合

（2016年11月29日）

创作和出版这本写北京的组诗，起于我的一次冲动，实现了我的一个夙愿。

2015年4月29日，航协组织员工春游。此前我发现，大家生活在北京，但并不真正了解北京，尤其不了解老北京，就提议到故宫、北海和景山游览。开始我与导游共同为大家讲解，过了一会儿导游说主要由我来讲。当转到北海的"琼岛春阴"碑前面，我问大家是否知道"燕京八景"都是哪些，连导游都没有答全。这时有年轻人起哄说："燕京八景"啊，你要带我们全部看完。此前到抗日战争纪念馆参观时，已经去过"卢沟晓月"。这时我冲动了，随口说道："全部看完是不可能的，比如很难上到中海的亭子里去看'太液秋风'碑。干脆国庆节前安排一课，我给你们讲讲北京历史吧。"他们有点雀跃。我在单位提倡开展研究性学习，当好教员型领导。我把这个讲座看成是一堂爱国主义教育课。我说爱祖国就要爱首都，知北京才能更爱北京。

我原籍是河北保定，定居北京40年了。我很喜欢北京，非常热爱伟大祖国的首都。我看过一些写北京的好书，参观了不少景点，在大街小巷转过。但真要讲课就没那么容易了，需要系统和准确。但是既然放出话了，就一定要兑现。为了完成自己定的任务，我没早没晚地抓紧准备。我看了五六本书，上了无数次网。由于工作量太大，自己又过于认真，国庆节前未能完成，只好把国庆长假搭进去了。终于做完了一套课件，题目是《北京变迁与发展》，分北京历史、北京规制、北京发展和北京民航四个部分。原定一个半天，但怎么也没讲完，后来又讲了一次。

我从小喜爱文学，也很喜欢诗歌。老家是诗词之乡，自然也受到熏陶。参加民航工作后做过基层单位的团支部书记，在纪念红军长征会师40周年时，写过联欢会的诗歌朗诵。后来搞业务了，长期在民航局机关做文字工作，以及不同岗位的领导，经常是自己写讲话稿、改材料。机关文字与文学创作完全是两回事儿，泡在"文山会海"里也很难有闲情逸致。到年纪大以后具体工作少一些了，能够偶尔写点诗了，有时开会讲话也诌上几句。2012年参加了中央国家机关"部级领导干部历史文化讲座"诗词小班的学习。我经常爬景山，2015年春节下雪，用手机拍了半山上的迎春花，并配诗发给朋友（见本书封底）。当时感到诗词配照片很美，有一种相得益彰的情境。我心想将来退休了，如能多写这种诗，配上照片出个集子，就叫《诗情画意》。做完讲北京的课件之后，有一天突然产生一个想法：这不就是最好的题材吗？何不就此尝试一下！

有了这个萌动，我就开始做准备。真正动手是在2016年元旦之前，一百首诗的初稿写完是农历正月十五。原来写的《燕京八景》《大阅兵》《APEC中心》《京承高速》《PM2.5》等5首，也纳入其中。接着就写每一首诗的释义了。写诗可以说是冥思苦想、绞尽脑汁啊，写释义多是从书籍和网上资料提炼。书后的"附录"是一条脉络，概略地叙述了北京的历史和现状。基本结稿后向要好的朋友和同事征求意见。说实在的，自己心里不是很有底气。我特别重视林明华同志的意见。他是科班出身，文字、文学功底深厚，出版了多部著作，加入了作家协会。今年五一他帮我看过诗稿后，认为多数写得不错，有人会喜欢，建议出版，从而增加了我的信心。接下来我又进行了很多修改和补充。

最后成书分为三篇，共127首。其中"兴替篇"23首。第一首写北京之所以成为首都，在人文地理上的归因。接着是按时代和朝代来写的。"古韵篇"43首，写北京的古都风貌，是按京城、宫殿、坛庙、街区、园林、皇陵的类项排列的。"新貌篇"61首，先按全国政治中心、文化中心、国际交往中心和科技创新中心的战略定位来写，再延伸到其他相关方面。最后以京津冀协同发展、实现中华民族伟大复兴的中国梦结尾。

习近平总书记2015年10月在文艺工作座谈会上的重要讲话，特别强调坚持以人民为中心的创作导向。本书的大众性和实用性，是我所追求的主要目标。我觉得文学应该植根于大众，服务于大众，让大众能够喜欢。诗歌起源于民众在劳动中对感情的抒发。要改变诗词小众文学的窘境，首先要适应大众的精神需求，要适应大众的欣赏特点，让大众能够看下去和看得懂，能够产生互动和共鸣。在表现形式上，要符合时代要求。现在是信息化时代，知识爆炸、个体放大，节奏加快、信息微缩，大家经常是用微信和影像在传递信息，就是所说的"读图时代"。我觉得诗词应该是很好的微信。本书以诗歌为主体，辅以释文和图像，三维呈现，相互映衬。我是想以这种方式，做一次让诗走向大众的尝试。读者朋友如有兴趣，舍出一个周末，就能看完全书，概览首都北京的前世今生和古韵新貌。

　　我自己感觉这本书的思想性和知识性是很强的。至于艺术性，自感还很一般。首先来说我写的是古典诗中的古体诗（或称古典自由体诗），大多归于古绝、古风之类，一位从事诗词工作的朋友说有些可归于竹枝词之类。这些诗也是按格式、有韵律的，但不是格律诗（古典诗中的近体诗），没有完全按平仄等要求来写。我认为格律诗是诗中高品，达到了艺术的极致。但写格律诗受限较多，当然这不是主要的。我现在还没有达到写格律诗的水准，也许完全退休后会规整地去写。写诗主要得用形象思维，而我多年做机关文字工作，用的主要是抽象思维和逻辑思维，在这方面还有局限。写此类叙事诗和景观诗，偏重概括和描写，抒情还有欠缺。诗人一定写诗，但写诗的人不一定是诗人。我是一个很乐于写诗的人，把它作为一种业余爱好。"草堂门下愧吟诗，老杜才魂未可持。难成佳句传千古，但收怡情在此时。"这是我写诗的状态。

　　我创作和出版这本书，曾向很多同志求助。我最先请林明华同志帮助审看，他提出了重要意见，并为本书作序。应我之请，全国政协委员、中国社科院文学所联合党委原书记包明德同志，画龙点睛地提出了意见，特别对有关标题做了修改。擅长古诗词的李双旭同志看过全稿，有几处改得很好。民航局直属机关党委原副书记张增明同志、离退休干部局局长李宗林同志、首都机场集团公司副总经理张木生同志、同仁堂集团公司原副总经理王泉同志、中航协秘书长初阳同志，都帮忙审阅并提出意见，或提供其他帮助。

　　我特意征求有关专家和了解实际情况同志的意见。最早发现王府井古人类文化遗址的北京大学教授岳升阳同志和现任馆长高阳同志，北京文物研究所副所长郭京宁同志，全聚德集团三元桥店总经理王建华同志，北控置业公司团委书记吕珅同志，中信集团公司吕靖纬同志，分别对相关内容提出意见，或对有关事实予以订正，并在其他方面给予帮助。

在民航内外帮助阅看并提出意见的还有刘翠芳、郭晓平、明智安、徐必清、杨荣荣、钟声、毛锦等同志。张磊、张雪松同志为前期讲座和本书成稿做了大量工作。《拥堵》一首，系我与司机曹晋钢同志讨论写成。我的外甥女杨凤芹在大观园公园工作，她和同事李丽同志对相关的一首诗提出了意见。

本书所配照片336幅。其中约二分之一是我和家人所拍，均予省略了注名；约四分之一为向朋友和相关单位求助，都注明了作者；向有关网站购买的约八分之一，已注明"网购"；另约八分之一公益性的和未能找到作者的图片，注为"资料图"。如有作者提出相关问题，请与出版社联系。

朋友和相关单位帮助提供和拍摄的照片，质量都属上乘。全国政协委员、中央编办原副主任黄文平同志提供了数幅美照。商务部原副部长廖晓淇经中航协王伟斌同志，提供了珍存的照片。李明哲同志请其同学、东营市检察院王维清同志专程到北京拍照，并贡献了几幅获奖作品。应我所求，文化部原副部长、国家图书馆名誉馆长周和平嘱秘书吴凯同志，全国政协委员、中国铁路总工会原主席何玉华嘱秘书姚连平同志，联想集团公司总经理杨元庆同志，时任最高人民检察院民事二庭庭长杨临萍和杨立超同志，国家航天局系统工程司胡朝斌、中国空间技术研究院副院长李明等相关同志，中央党校张晓光同志，人民日报社办公厅张利同志，清华大学经管学院狄瑞鹏教授，民航局空管局苏杭同志，北京首都机场集团公司栾沛然同志，潭柘寺景区管理处、百度公司等单位，在这方面提供了帮助。航协培训部吕婧同志请她的姑父杜殿文同志提供了自己拍摄的照片，并请同学吕岩同志提供了中电集团公司员工摄影比赛的获奖作品。

中国民航出版社编辑部主任姚祖梁同志把我的书稿推荐给北京出版社，出版社编辑付出很大心血，在较短的时间内完成编审和排印。他们都以较高的专业水准，耐心细致地进行了策划、审稿、设计和排印工作。

从以上可以看出，创作和出版这本书，绝非我一人所成，这是大家共同的作品。在此，对所有给予帮助和支持的同志，表示衷心的感谢！

本书撰稿和配图中阅读参考书籍有：《中华史表》（栾贵明主编）、《中国历史年表》（中国科学院历史研究所课题组编撰）、《北京历史文化》（罗哲文等著）、《北京史通论》（于德源著）、《史说北京》（北京市社会科学界联合会、北京史研究会、首都图书馆组编）、《名家眼中的北京城》（梁思成等著）、《帝京景物略》（［明］刘侗、于奕正著）、《中国古都北京》（阎崇年著）、《解说老北京》（仝冰雪编）、《大故宫1~2》（阎崇年著）、《故宫营造》（单士元著）、《这里是北京1~6》（李欣主编）、《凝固的神韵——中国建筑》（萧默著）、《清平乐：北京同仁堂创始人乐家轶事》（乐崇熙著）、《国宝同仁堂》（边东子著）、《走进博物馆》（北京市文物局、首都博物馆联盟编）。对以上作者和出版单位一并表示诚挚的敬意！在这里我还要感谢互联网，有的信息需要反复核实，如果不是有这个浩瀚的资料宝库随时可以查阅，在较短的时间内完成此书，几乎是不可能的。

本书出版，算我为弘扬中华民族优秀传统文化做了一点事情。我期望它能够成为读者了解北京的一个媒介，并作为旅游观光的一个工具。当然，我也希望它能够成为文学欣赏的一个读本。是否做到了，交由大家评判吧。

再版补记

《诗画北京》出版半年有余，就准备再版了。

国家发展真快，这一段时间在首都北京办了很多大事。为此，书中补写了《"一带一路"》《雄安新区》和《可燃冰》3首。中共中央、国务院批准了《北京城市总体规划（2016—2035）》，按此对"附录"的第三部分做了修改。此外，在"古韵篇"补充了《什刹海》《燕京八绝》2首，属初版漏写。书中还有个别地方做了小的修补，排列顺序做了一些调整，共增加了23幅照片。为便于了解，初版后记中有关诗和照片的统计，已改为再版增补后的数量。

做成本书，拍摄和搜集照片难度较大。中国地质调查局李金发副局长和秘书石显耀同志，雄安新区宣传中心副主任韩德强同志，北京工艺美术协会原副会长陈令堃同志，北京工艺美术博物馆杨燕波馆长、李博副馆长和李慕子同志，北京植物园养护队许兴队长和陈雨同志，《人民政协报》记者韩雪、高志民同志，收藏天下《艺术观察》制片人崔狄同志，我的外甥女翟蕊和她的同学李涛同志，又在相关方面提供了帮助。

本书出版后，即被列为北京出版系统"向党的十九大献礼主题出版物"。售书和赠送后反响较好。山西省长治市文联原副主席、一级作家王广元同志收到其晚辈所送的这本书，看后写了一篇鉴评，已印为再版的代序。我们由此相识，并有机会向他请教。北京有两位部级领导干部认为所选的切入点很好。还有一位领导称赞是"很用心、很用功、很有用、很有水平的好书"。不少同志说看了这本书，对北京更加了解了，不然有的地方还真不知道。航协一位资深同事说："这本书很耐看，是以最少的文字描写北京最长的政治、经济、文化、自然和变迁的一本书。等有时间了，我要背着它游遍书中的北京城。"帮助设计封面的朋友说，看了书再去游览，就不只是大致欣赏景观了，可以进行较深的文化体验。我送了几本给本单位租用办公地物业部的工作人员，他们说很喜欢，诗很好懂。有位同志说看到某个地方时想笑。他也练习写诗，并征求我的意见。今年6月航协代表团访问台湾，向业界同胞赠送近百本，很多朋友让我签名留念。

以上肯定和鼓励，使我深受感动。大家拿到这本书，能够看下去，看得很轻松，能够回过头来细看，去哪儿的时候还会再翻一翻，就达到我创作本书的目的了。

再次对给予关心和支持的朋友表示衷心感谢！

作者 李军

2017年10月29日